熱愛未経験。

「カズちゃんは本当に可愛いよ」
　蕩けるように優しい声が耳元で囁かれ、
笑みを刻んだ唇がゆっくりと押し当てられていく。
　吐き出していた熱い吐息が出所を塞がれ、身体の中に逆流する。
（……あつい）
　――熱くて、気持ちいい。

熱愛未経験。

黒崎あつし

16671

角川ルビー文庫

目次

口絵・本文イラスト／六芦かえで

熱愛未経験。

1

（……くそっ。けったくそわりぃったらねぇや）

週の半ばの水曜の夜、立ち飲みスタイルのバーのカウンターで、宮澤一弥《みやざわかずや》はふて腐《くさ》れてウイスキーを呷《あお》っていた。

ここは、有名なゲイタウン内にある【バー・フロート】。

いわゆるゲイバーの一種だ。

大学入学当時から、自分はゲイだと堂々とカミングアウトしていたせいもあったのだろう。大学で知り合った友達、川島直己《かわしまなおみ》が、どうやら自分もそっちみたいだと言い出して、だったら比較的《ひかくてき》客筋がよく安心して飲めるいい店があるから一緒《いっしょ》に行ってみないかとここに誘《さそ》ってみたのは、もう四年近くも前の話になる。

（こんなことになるんなら、ここを教えるんじゃなかったぜ）

飲み干したグラスをカウンターに叩《たた》きつけるように置き、一弥は今さらながら過去の自分の行動を後悔《こうかい》する。

一弥が直己の存在を気にするようになったのは、大学に入学してすぐのことだった。

講義の合間に楽しげに笑いさざめく集団にふと視線を向ける度《たび》、その中で楽しげに微笑《ほほえ》んでいる直己の姿にどうしても目が引きつけられた。

さらさらの黒髪《くろかみ》にくっきりした二重《ふたえ》の目が印象的な直己は、そこそこ整った顔立ちをしているものの、ちょっと呑気《のんき》でぼうっとしているせいか、決して目立つほうではない。

おっとりして口数も少ないから、騒《さわ》がしくて目立っているわけでもなかった。

それなのに視線が引きつけられるのは、直己の持つ一種独特な清涼感《せいりょうかん》のせいだ。

好感度の高い素直《すなお》そうなその微笑みは、鮮《あざ》やかな新緑を目にしたときの涼《すず》やかさを見る人に連想させるようで、なにかほっとした優《やさ》しい気分になる。

今から思うに、たぶん一目惚《ひとめぼ》れに近かった。

ノーマル相手にアプローチしたところで無駄《むだ》だと最初から諦《あきら》めていた一弥は、故意に直己に近づき首尾《しゅび》よく友達の地位を手に入れた。それ以上の関係を望むつもりはなかったのだが、どうやら自分もゲイみたいだとの直己の爆弾《ばくだん》宣言のせいで、そのときばかりは、心機一転してチャンス到来《とうらい》とばかりに一気に張り切ってしまったのだ。

仲間達がたくさん集まる場所に行こうと直己をフロートに誘い出し、今と同じこのカウンターで、この店を訪《おとず》れるほとんどの人達が持つお手軽な恋愛《れんあい》観を熱く語ってみたのも下心故《ゆえ》だ。

曰《いわ》く、この街で遊ぶお仲間の中には、一対一の恋人《こいびと》関係に拘《こだわ》らず、気に入った相手と肉体だけのつき合いを続ける人が多い。ノーマルに比べて絶対数が少ないゲイの場合、本気で愛せる相手を見つけるのは至難の業《わざ》だ。だから、まずは心の相性《あいしょう》より身体《からだ》の相性を優先して遊びつつ、本気になれる相手を探しているのだと……。

直己が女性より男性の身体に惹《ひ》かれる自分を自覚したばかりなら、きっと次は男同士のセックスに興味を示すに違《ちが》いない。

まずはお手軽に身体の関係から試《ため》してみようかなと直己の気持ちが動いたところで、俺とどうよ？　と誘うつもりだった。

そして肉体関係を結んだ後には、今度こそ本気で口説くつもりでいたのだ。

だが直己は、一弥の予想通りには動かなかった。

『身体だけの遊びの関係かぁ……。俺には、そういうの無理だな』

この店のお手軽そうな雰囲気《ふんいき》にも、遊びを前提とした肉体関係を求めるその感覚にも馴染《なじ》めそうにないと直己は真面目《まじめ》な顔で言った。

いつか心が自然に動いて、誰《だれ》かに本気の恋をするのを待つと……。

その言い草に一弥はがっかりしたし、どこの乙女《おとめ》だよと正直呆《あき》れた。

と同時に、ほっと胸を撫《な》で下ろしていたのだ。

（やっぱ直己はこうでないと――って思ってたのによ）

素直そうなその微笑みと、一種独特な清涼感。

一弥が恋した直己は、好奇《こうき》心《しん》に流されてお手軽に遊ぶような人間じゃないのだ。

（それがなんで、今になってろくでもない遊び人に引っかかっちまうんだよ！）

苛々《いらいら》とグラスを摑《つか》み、またウイスキーをぐぐっと飲み干しカウンターに叩きつける。

一目惚れしたと直己から聞かされたのは、去年の冬のことだった。

四年ぶりにひとりでフロートに立ち寄ったその帰り道、酔漢《すいかん》に絡《から》まれたところを助けてくれた、とんでもない美形の色男に恋をしてしまったのだと……。

そしてついさっき、久しぶりに会った直己から、その色男とつき合っていると告白された。

「ったく。あんな男のどこがいいんだか……」

呟《つぶや》きつつ、またグラスを手に取り、ウイスキーを一気に飲み干す。

一弥は、以前一度だけその男と顔を合わせたことがある。

直己の言うとおりで確かに滅多《めった》に見ない色男だったが、その性格にはかなり問題があるように感じられた。

心配になった一弥が大丈夫《だいじょうぶ》なのかと聞いてみたら、直己の返事は妙《みょう》に歯切れが悪かった。

よくよく聞いてみたら、頻繁《ひんぱん》に会っているが恋人同士というわけではなく、ただの遊びの関係らしい。

かつての直己は、身体だけの遊びの関係は無理だと言っていたはずなのに……。

その事実は、一弥に酷《ひど》いショックを与《あた》えた。

狼狽《うろた》えるあまり一生言うつもりがなかった直己への想《おも》いを口に出してしまったし、そんなお手軽な関係はおまえには似合わないと柄《がら》にもない説教まで垂れてしまった。

直己はそんな一弥の言葉に、素直に耳を傾《かたむ》けた。

しかも別れ際《ぎわ》、『心配してくれてありがとうな』と礼まで口にして……。

（心配、か）

直己が心配なのは事実だが、それ以上に、ずっと自分が大切に思ってきた存在が自分以外の誰かからお手軽に扱《あつか》われているのがたまらなく嫌《いや》だっただけだ。

惹かれてやまなかったあの素直そうな微笑みが、直己の顔から消えてしまったことも……。

（俺は、俺のためにああ言ったんだ）

本気で恋した相手に邪険《じゃけん》にされるのが嫌だから、告白することもなくただ側にいた。

その大切な相手がろくでなしの遊び人に都合よく遊ばれているとわかっていても、拒《こば》まれるのが怖《こわ》いから、そんな奴《やつ》やめて俺にしておけよと強引《ごういん》に迫《せま》ることさえできなかった。

なにもかもが自分のため、自己保身しているだけだ。

明日も仕事だからと直己が帰った後、ひとりフロートに残った一弥は、そんな自分自身に対する自己嫌悪《けんお》に深く浸《ひた》りきっている。

（直己はこれからどうすんのかな？）

遊びの関係はやっぱり無理だときっぱり別れるか、それとも、遊びでもいいと割り切って一目惚れした相手の側《そば》に居続けるか……。

（ああ、くそっ！）

直己の泣き顔は見たくないなと思いつつ、またグラスを手にとってウィスキーを呷《あお》る。

思いっきり顎《あご》を上げ一気に飲み干したウィスキーは、なんだかやけに喉《のど》にひりりと熱い。

再びグラスをカウンターに置こうとした一弥は、ふと奇妙《きみよう》なことに気づいた。

（なんで、飲んでも飲んでも酒がなくならねぇんだ？）

さっきから何度も飲み干したはずなのに、再びグラスを手にしたときにはまたウィスキーがダブルで注《つ》がれている。

もしやと思って顔を上げると、ウィスキーがダブルで注がれたグラスを手にした顔馴染《かおなじ》みのおねえ言葉のバーテンダーが、浮《う》き浮きした様子でこっちをこっそり窺《うかが》っていた。

「――あら、ばれた？」

一弥の怪訝《けげん》そうな顔を見て、うふふっとバーテンダーが愉快《ゆかい》そうに笑う。

どうやら一弥のグラスが空になる度《たび》、わんこそば方式でささっとグラスごと交換《こうかん》していたらしい。

「な〜に勝手なことしてやがんだよ。こっちは失業中で緊縮《きんしゆく》財政だ。注文してねぇ分は払《はら》わねぇからな」

「別にいいわよ。お代はそっちのお大尽《だいじん》さまからいただくことになってるから」

「お大尽さまだぁ？」

この悪戯《いたずら》の主犯格はそいつかと、一弥はバーテンダーが指差したほうを見た。

「……なんだよ。お大尽ってよか、赤毛の熊《くま》じゃねぇか」

一弥の視線を受け、「やあ」と気さくに挨拶《あいさつ》してきたのは、平均よりちょい身長の高い一弥が見上げなければならないほどの赤毛の大男だった。

顔の下半分がもさっとした赤毛の髭《ひげ》に覆《おお》われていて、ちょっと伸《の》びすぎた柔《やわ》らかそうな前髪《まえがみ》から覗《のぞ》く穏《おだ》やかな目元はやけに彫《ほ》りが深い。

「どこの国の人？」

「一応、ここの国の人だよ。両親が正体不明なもんで、もしかしたらどこか違う国の血が多めに入ってるかもしれないが、国籍《こくせき》だけは間違《まちが》いなく日本」

「ふうん」

なにやらもの凄《すご》く個人的な事情を聞かされてしまったが、一弥は故意に聞き流す。

「おっさん、俺に奢《おご》っても無駄《むだ》だぜ。あんたみたいなの好みじゃねぇし」

身長や年齢《ねんれい》には拘《こだわ》らないが、一弥が遊び相手に選ぶのは基本的に細身な綺麗《きれい》どころだ。

「ほ～らね。だから彼には奢っても無駄だって教えてあげたのに」

タチ専門でネコはしないと一弥が断言しているのを知っているバーテンダーが、熊男に肩《かた》を竦《すく》めてみせた。

緩《ゆる》くパーマをかけた髪《かみ》は真っ黒、目はくっきりアーモンド形の二重で瞳《ひとみ》は真っ黒。

南国風の甘く濃《こ》いめなフェロモン垂れ流しの顔立ちで、いわゆる細マッチョなしなやか体形の一弥は、はっきり言ってタチにもネコにもどっちにもモテる。

金を出すから抱《だ》かせてくれと言われることも多いが、その手の誘《さそ》いには応じたことはない。

「いいよ。下心がないとは言わないが、とりあえず今日は話し相手になってくれれば充分《じゅうぶん》」

歩み寄ってきた熊男は、目を細めて一弥を見つめた。

(案外、若そうだな。しかも着てるの高級ブランドじゃん)

もさっとした外見から三十代後半ぐらいかと当たりをつけていたが、間近で見るその目元は張りがあってまだ若々しい。

大学時代、その手のショップで何度かバイトをしたことがある一弥が知る限り、男の着ているブランドは経済的に豊かな独身男性が好むそれだった。

日常的にこの手のブランドを身につけられる経済状況《じょうきょう》なら、たかっても問題なさそうだ。

「よし。じゃ、勝手にしゃべってな」

相づち程度で飲み代がチャラになるならめっけもんだ。

一弥はバーテンダーから直接グラスを受け取り、ぺろっとウイスキーを舐《な》める。

「とりあえず、名前と年齢が聞きたいな」

「一弥だ。大学出たての二十二。——おっさんは?」

「俺は小金井《こがねい》正輝《まさき》。まだぎりぎり二十代なんだが……。それでもおっさん?」

「そういうのを気にするところが、すでにおっさんなんだよ」

「そうか。そうだよなぁ。少し前までは年齢なんて気にしたこともなかったしなぁ」

正輝は苦笑《くしょう》しながら、自分のグラスに口をつけた。

どうやら一弥と同じものを飲んでいるようだ。

「さっき、君と一緒《いっしょ》にいた若い子も同じぐらいの歳？」

「ああ？　おっさん、もしかしてあいつ狙《ねら》ってんのか？」

もし直己を狙ってるのなら、がっちり予防線を張らなければと一弥が睨《にら》みつけると、「違《ちが》う違う」と正輝が手を振《ふ》る。

「俺は最初からカズちゃん狙いだ。外で君を見かけて気になったから、追っかけてこの店に入ったぐらいだし」

（……カズちゃんって）

そんな風に呼ばれたのは小学生以来だ。

あまりのなれなれしさに一弥は軽くむっとして、もしかしたら、おっさん呼ばわりしていることへの意趣返《いしゅがえ》しなのかもしれないと思った。

「おっさん、ここはじめて？」

「ああ。この店、賑《にぎ》やかだけどガチャガチャし過ぎてなくて、ちょうどいい感じだな」

試《ため》しにもう一度おっさん呼ばわりをしてみたのだが、どうやらまったく気にしていないようで穏やかに返された。

「で、さっきの子は、カズちゃんとどういう関係なのかな？　やけに親しげだったけど、やっぱり恋人《こいびと》だったりする？」

「いや、ただの友人。俺、フリーだし」

正輝の指摘《してき》に、一弥は微笑《ほほえ》んで肩を竦めた。

直己が余計なちょっかいをかけられないよう、この店にいる間はわざと肩を抱いてベタベタしては予防線を張っていたから、誤解されてむしろ本望《ほんもう》だ。

「じゃあ、まだ俺にもチャンスはある？」

「だから、おっさんは趣味じゃないって言ってんだろ。俺は綺麗どころが好きなんだよ」

「おっさんかもしれないが、これでもまだ二十代だよ。この顔だって、髭さえ剃《そ》れば美形の範《はん》疇《ちゅう》に入ると思うし……」

ほらほら、よく見てみな、と正輝が顔を近づけてくる。

「うぜえ」

一弥はその胸を邪険《じゃけん》に押し戻《もど》した。

「……あぁ？」

ふと目を開けると、見慣れない天井《てんじょう》が見えた。

「ここ、どこだ？」

寝《ね》かされたベッドから起き上がろうとして身体《からだ》をちょっと動かした途端《とたん》、世界がぐら〜っと揺《ゆ》れる。

「俺の家だ。——大丈夫《だいじょうぶ》か？」

目が回って身体の力が抜《ぬ》け再びベッドに倒《たお》れた一弥を、心配そうに正輝が覗き込んできた。

「おっさんの家？　じゃあ俺、お持ち帰りされたってことかよ？」

ありえねー！　と、横になったままゲラゲラ笑う。

どうやら勧《すす》められるままウイスキーを呷《あお》り続けたせいか、珍《めずら》しいことに記憶《きおく》が途切《とぎ》れるほど酔《よ》っぱらってしまったらしい。

とりあえず意識は戻ったものの、発作《ほっさ》的な笑いの衝動《しょうどう》がなかなか収まらないあたり、まだまだかなり酔っぱらっているようだ。

ひとしきり笑って、なんとか気が済んだ一弥は、今度は自分が寝かされているベッドのシーツの色が気になりだした。

「なんで黒なんだよ」

ありえねー！　と、今度は光沢《こうたく》のあるサテン地の黒いシーツにぶーぶー文句を言う。

「シーツはやっぱ綿で白だろ。でもって、パリッと糊付《のりづ》けされてなきゃ」

「気に入らないか……。黒いシーツに横たわる裸身《らしん》を眺《なが》めるのが、けっこう好きなんだけど」

「だからって、毎日エロごと仕様のベッドで寝てんのかよ。気色わる」

「じゃあ君は、毎日パリッと糊付けされたシーツで寝てるのか？」

「そんな面倒《めんど》くせぇこと、ひとりじゃしねぇよ。そんなんしてたの、子供の頃《ころ》の……まだお袋《ふくろ》が生きていた頃だけだ」

「お母さん、病気？」

「いや。……自殺」

たぶん、と一弥が呟《つぶや》くと、顔を覗き込んでいた正輝の顔が少し曇《くも》る。

「ってか、堂々と浮気《うわき》してる親父《おやじ》と、お袋の後釜《あとがま》を狙う愛人に殺されたようなもんだ」

両親の出会いは大学時代だと聞いている。

卒業間際《まぎわ》、母親の妊娠《にんしん》が発覚してすぐに結婚《けっこん》したのだと……。

その後、一弥が産まれて一時は幸せな家庭を築いていたが、一弥が小学校に上がる頃、父親に愛人ができたことですべてが変わった。

父親に惚《ほ》れ込んでいた若い愛人は、裕福《ゆうふく》な銀行家一族の娘《むすめ》だった。

一般《いっぱん》家庭の娘であった母親とは違って、家具や雑貨を取り扱《あつか》い、各地にショールームを展開している輸入業者であった父親とその親族にとって、たいそう魅力《みりょく》的な存在だったのだ。

これみよがしに外泊《がいはく》する夫と、夫を愛しているのなら身を引くべきだと理不尽《りふじん》な要求で執拗《しつよう》に迫《せま》る親族。

母親は日々追い詰《つ》められていき、徐々《じょじょ》に笑わなくなっていった。

子供心にもヤバイと感じた一弥は、なるべく母親の側《そば》にいて元気づけていたのだが、一弥が小学校に行っている間にひとりで外出した母親は衝動的に車道に飛び出してしまう。

即死《そくし》だったと聞いている。

周囲の大人達は事故だと言ったが、一弥は自殺だと思っている。

それを何度も口にしては、痛いところを突《つ》かれた父親や親戚《しんせき》達から煙《けむ》たがられたりもした。

「死ぬぐらいなら、離婚《りこん》すればよかったのによ」

そうしてくれていたら、親子ふたりで新しい生活をはじめることもできていたはずだ。

だが母親は、そうしてはくれなかった。

彼女は母親であることより、女であることを選んだ。

愛する男との別離《べつり》に耐《た》えきれず、子供の存在を忘れ、ひとり現実から逃《に》げてしまったのだ。

（……俺、さっきからなに言ってんだろ）

アルコールで理性のたがが外れ気味とはいえ、直己にも話したことのない家の事情を、会ったばかりの男に話してしまった。

今まではどんなに飲み過ぎても、こんな愚痴《ぐち》を口走ったりしなかったのだが……。

（おっさんの、この目のせいか）

ベッドに腰《こし》かけ、心配そうにずっと自分を見下ろしている正輝に一弥は目を向けた。

もさっと無造作に伸《の》びた感じの髭《ひげ》で顔の下半分が隠《かく》れているせいで、その感情の機微《きび》は主に彫《ほ》りの深い目元に表れている。

その目が、なんだかとても優《やさ》しい感じがするのだ。

上っ面《つら》だけじゃなく、本気で心配して案じてくれているようで……。

(直己の目にちょっと似てるか)

確乎《かっこ》とした己《おのれ》を持ちながらも心穏《こころおだ》やかな人間にだけ見られる、まっすぐで揺らがない眼差《まなざ》し。

少々の我が儘《まま》を言っても気を悪くすることもなく、ただ側にいてくれそうな安心感がある。

「俺は最初から家族がいないからよくわからないが、確かにあったはずの絆《きずな》が失《う》せていくのを見ているしかできないのは、きっと辛《つら》いんだろうな。子供だったら、なおさらだ」

よしよし、と正輝が一弥の髪《かみ》を撫《な》でる。

「ガキ扱いすんな」

ちょっとむっとしたが、一弥はその手を振り払《はら》わなかった。

(下手《へた》に動くと、また目が回りそうだし……)

心の中でそんな言い訳をしながらも、頭を撫でる、温かで肉厚な大きな手の優しい感触《かんしょく》の心地《ここち》好《よ》さを密《ひそ》かに楽しみながらゆっくり目を閉じる。

「ん？　どうした？　気分悪い？」

耳に届く心配そうな低い声は、尖《とが》った感じがまったくなく、やっぱりとても優しげだ。

「……別に。でも、喉《のど》が渇《かわ》いた」

水、と命令すると、名残惜《なごりお》しげに髪をもうひと撫でしてから、正輝は部屋を出てミネラルウォーターのペットボトルを持って戻ってきた。

「カズちゃん、起き上がれる？」

「無理。目ぇ回るし……。これも、誰《だれ》かさんが際限なく飲ませたせいだな」

「ごめん。えっと……、ストローはあったっけかな」

「ちょっと、おっさん」

もう一度部屋を出て行こうとする正輝を一弥は呼び止めた。

「ん？　どうした？」

「口移しでいいから、さっさと飲ませろよ」

「……いいのか？」

「その程度でガタガタ言わねぇから、さっさとしろって」

ためらいがちに問いかけてくる正輝に、一弥は指先でこいこいと手招きしてみる。

「じゃ、遠慮《えんりょ》なく」

目を細め口に水を含《ふく》んだ正輝は、一弥の唇《くちびる》にゆっくりとその唇を押し当ててくる。

（意外にチクチクしねぇもんだな）

ここまでもさっと髭を伸ばした相手とキスしたのははじめてで、一弥は興味津々《きょうみしんしん》だ。

けっこう髭が伸びているせいか、チクチクと刺《さ》さる感じはあまりせず、ただくすぐったい。

飲まされた水を嚥下《えんか》した一弥は、手を伸ばして正輝の髭に触《ふ》れてみた。

「おっさんの髪も髭も、ふわっふわだな」

大きな熊《くま》のぬいぐるみをついつい連想して、一弥は小さく笑った。

「生粋《きっすい》の日本人の髪に比べると、こしがないってよく言われる。もっと飲むか？」

「飲む」

正輝がまた口移しで一弥に水を飲ませる。

再び触れた唇は、一弥が水を嚥下した後も離《はな》れていかなかった。

強く唇を押し当てられ、意外な強引《ごういん》さで正輝の舌が入ってくる。

（……ま、いっか）

一弥は拒《こば》むことなくそれを迎《むか》え入れた。

ちょっとした気紛《きまぐ》れ。

ただの遊びのつもりだったのだが、予想よりずっと正輝はキスがうまかった。

「……んっ……」

甘く舌を絡《から》められ、味わうように口腔《こうこう》内を舌先でくすぐられて、甘い息が鼻から零《こぼ》れる。

うなじをくすぐり、髪を撫でる肉厚の大きな手の優しい感触が酷《ひど》く心地いい。

離れていくのが惜《お》しいと感じられるぐらいには……。

「もうちょっとだけ、どう？」

だから、正輝にそう聞かれたとき、一弥は迷わず頷《うなず》いた。

（こんだけ飲んでたら、さすがに役に立たねぇだろうし）

アルコールの過剰摂取《かじょうせっしゅ》は男性機能を劣化《れっか》させる。

もともと好みのタイプじゃないし、優しく触れられる心地好さに酔《よ》うことはあっても、セクシャルな欲求《よっきゅう》に突き動かされ、流されるような羽目にはならないだろうと思っていた。

が、またしても予想は外れた。

再び深くキスされて、まるで慰撫《いぶ》されるかのように服の上から身体《からだ》に触れられているうちに、腰のあたりに覚えのある重苦しい甘さが溜《た》まっていく。

「……このままだと苦しいだろ」

目敏《めざと》く一弥の変化に気づいた正輝が、形を変えはじめたそれを、嬉《うれ》しそうにジーンズの上からやんわりと刺激《しげき》してくる。

（うわっ、ヤバ）

そのソフトな手の動きに一弥の身体は露骨《ろこつ》に反応した。

きつめのジーンズの中でそれがすっかり起《た》ち上がり、痛いぐらいだ。

「直接触《さわ》ってもいい？」

そう聞きながらも、すでに一弥が頷くと確信しているようで、正輝の指はジーンズのボタンを外している。

言いなりになるようで癪《しゃく》だったが、ここまできたら拒む気にはなれなかった。

「いいけど……。俺はなんもしねぇし、触るだけだぞ」

「わかった。触るだけ」

正輝は嬉々《きき》として、手慣れた仕草で一弥の服を脱《ぬ》がせていく。

全裸《ぜんら》になったところでいったん手を止め、目を細めて横たわる一弥を眺《なが》める。

（エロジジィめ）

さっき正輝は、黒いシーツに横たわる裸身を眺めるのが好きだとか言っていた。

今日みたいに男を引っかけてきては、こういうことをしょっちゅうやっているんだろう。

自分もその大勢の中のひとりになって、いずれその複数の記憶《きおく》の中に埋没《まいぼつ》するのかと思うと、なにやら妙《みょう》に癪に障《さわ》る。

「俺の身体、どうだよ？　合格だろ？」

一弥が威張《いば》って聞くと、正輝は「もちろん」と頷く。

「頭小さいし、手足長いし……。持って生まれた骨格自体が最高の素材な上に、バランスよく筋肉がついてる。……しなやかで本当に綺麗《きれい》な身体だ」

肉厚な手の平が頬《ほお》を撫で、そのまま首から胸へと滑《すべ》り落ちていく。

その指先が乳首《ちくび》をかすめ、思わぬ刺激を受けた一弥は微《かす》かに目を眇《すが》めた。

「んっ」

「ああ、ここが好きなのか」

嬉しそうに言って、正輝が楽しげに親指の腹で乳首をこねるように擦《こす》る。

「ちょっ……、あんましつこくすんな」

散々遊んできたから、ひとりだけよがるのが恥《は》ずかしいだなんてことは言わないが、こちらばかりが観賞されたり観察されたりってのはどうにも気に入らない。

「でも、よさそうだ」

「んなこと……。っ……んっ……」

じろっと睨《にら》んでみたものの、しつこくこねくり回されていると勝手に吐息《といき》が漏《も》れてくる。

「ほら、ここ。気持ちいいだろう?」

「んなわけあるか」

毒づいてみたものの、乳首をきゅっとつままれてビクっと勝手に脇腹《わきばら》がヒクつく。

「身体は正直だよな」

脇腹の筋肉がヒクついたのを見た正輝は、嬉しそうに言った。

「こっちも、触って欲しがってひくひくしてる」

「……っ……」

茂《しげ》みからそそり起ったそれを、つつ……と指の裏側でくすぐられて、ぞぞっと背中が甘く震《ふる》えた。

「色も形も綺麗だ。──いいねぇ」

正輝はしみじみと言って、嬉しげに観賞した。

この状態で放っておかれるなんて、一弥としてはたまったもんじゃない。

「見てばっかいないで、もっとちゃんと触れよ！」

「ああ、ごめんごめん。焦《じ》らすつもりはないんだ」

怒《おこ》る一弥に呑気《のんき》に答え、唇が触れるだけのキスをひとつ。

「身体は触るだけだっけ？　キスしちゃ駄目《だめ》？　ここと か、すっごく味見したいけど」

俺、フェラうまいよと、きゅっと弾力《だんりょく》のある大きな手でそこを握《にぎ》り込まれて、一弥はあっさり白旗を上げた。

「もうなんでもいいから、さっさとしろって」

「はいはい」

言質《げんち》を得たとばかりに嬉しげに微笑《ほほえ》んで、再び唇にキス。

今度はさっきとは違《ちが》う深いキスで、まるで味わうようにねっとりと舌が絡んでくる。

「……んん……ふっ……」

(やっぱ、このおっさんうまい)

自分が楽しむために貪《むさぼ》るキスじゃなく、相手を楽しませるためのキス。

焦《あせ》らない、大人のセックスのやり方だ。

絡んでくる舌先や髪《かみ》やうなじを撫《な》でる指先も、こちらの反応を探《さぐ》りながらじっくり的確に攻《せ》めてくる。

こんな風にじっくりやられたら、キスだけでもう充分《じゅうぶん》に身体が熱くなってしまう。

全身の熱がじわじわと上がり、肌《はだ》がより敏感《びんかん》になる。

途中《とちゅう》で放《ほう》り出されるのが耐《た》えられなくなるほどに……。

(散々遊んできたって感じだよな)

少々男としてのプライドが疼《うず》くが、ここまできたらもう開き直るしかない。

諦《あきら》めた一弥は、せめてテクを学ばせてもらおうと正輝の動きに意識を集中した。

キスをしながら、指先がうなじから喉《のど》、鎖骨《さこつ》から肩《かた》へと移動していく。

どうやらこの指先は斥候《せっこう》だったようで、散々キスして一弥を翻弄《ほんろう》した唇が、今度は指先が探り当てた敏感なポイントに滑り落ちていき、そこにまたしつこくキスを落とす。

「……ん……くっ……」

鎖骨のくぼみを舐《な》められ、強く吸われて、その心地好《ここちよ》い刺激にビクンっと身体が跳《は》ねた。

(……わっ……ちょっ。これ、マジでヤバイかも……)

テクがうまいのはもちろんのこと、一番ヤバイのは、もさっとした髭《ひげ》だった。

唇が肌の上を滑り落ちるのと同時に、もさっとした髭もまた肌に触《ふ》れる。

微かにチクっとして、同時にふわっとして、これがやたらとくすぐったい。

まるで羽かなにかで肌を愛撫《あいぶ》されているようで、正直たまらなかった。

困った同伴者《どうはんしゃ》を引きつれた正輝の唇が、鎖骨から乳首へと降りていく。

「あ……んんっ……」

ちゅっと乳首を吸われ、散々舐められて軽く歯を立てられる。

その甘い刺激に、一弥の腰《こし》は重苦しくジンと痺《しび》れ、脇腹はビクッとひきつった。

「ああ、やっぱりここを可愛《かわい》がられるのが好きなんだ」

顔を上げた正輝が、嬉しそうに言う。

その拍子《ひょうし》に、舐められて敏感になっていた乳首を髭がくすぐる。

これがまた、たまらない。

「……くっ……」

思わず変な声が出そうになって、一弥は慌《あわ》てて自分の口を押さえる。

「カズちゃん、それ駄目。可愛い声も聞かせてくれなきゃ」

正輝は一弥の手首を摑《つか》んで、口から引き離《はな》した。

「うるっせぇよ、ばか」

一弥が毒づいても、「意地張っちゃって、可愛いなぁ」と一向に気にした様子がない。

再び一弥の肌に唇を落とし、今度は反対側の乳首を攻めはじめて……。

(うわっ、マジでヤバイ)

キスだけで張りつめてしまっていたそこが、この刺激《しげき》でピクッと露骨《ろこつ》に反応している。

ぞわわっと、覚えのある甘い怖気《おぞけ》が腰のあたりに走り、この調子では直接触れられる前に放ってしまいそうな嫌《いや》な予感がした。

「も、それいーから、さっさと達《い》かせろ」

肌を嬲《なぶ》られただけで、だらだらと精を放ってしまうなんてあまりにみっともない。

「もう？　案外こらえ性《しょう》がないな」

「うっせー。酔《よ》ってるせいだ」

「はいはい。そういうことにしておこうか」

楽しげに言って、正輝は一弥のそれに手で触れた。

(……きっと、こっちもキスみたいにじっくりするんだろうな)

怖《こわ》いような楽しみなような、微妙《びみょう》な気分で正輝の愛撫を期待していた一弥は、いきなりそれを咥《くわ》えられてびっくりした。

「うわっ、いきなりかよ」

「もう我慢《がまん》できないんだろ？　変に焦らして嫌《きら》われたくないからな」

顔を上げて目を細めると、再びそれに唇を寄せる。

ちゅっと先端《せんたん》の敏感な部分にキスをして、味わうように滲《にじ》んだ雫《しずく》を舐め取ってからそれを咥えて……。

「……ん〜っ」

（うー、やっぱ、こっちもうまい）

変な声を出さないようにするだけでもう精一杯《せいいっぱい》。

唇で強く擦り上げられる度、じんっと腰が甘く痺れる。

指先で戯《たわむ》れるように袋《ふくろ》をいじくり回されて、内股《うちまた》がひきつる。

強く吸われたら、もうどうにもならなかった。

「——も、イクっ！」

放せっと、正輝の頭を押しのけようとしたが、快感と酔いで力の抜《ぬ》けた腕《うで》の力ではかなわなかった。

「……くっ‼」

堪《こら》えきれず一弥は、正輝の口の中に放ってしまう。

（……うわっ、飲んじゃってるよ）

一弥も遊び相手にフェラしてやることがよくあるが、さすがに飲んだりはしない。

口に出されても、後でこっそり吐《は》き出している。

「いっぱい出たな。最近してなかった？」

「……まあな」

遊ぶ相手がいないわけじゃない。

不愉快《ふゆかい》なことが諸々《もろもろ》あった会社を辞《や》めたばかりで、遊ぶ気になれなかっただけだが、わざわざ説明するのも面倒《めんどう》で一弥は荒《あら》い息を吐きながら目を閉じた。

(……ねむ)

一度達ってすっきりしたら、急に睡魔《すいま》が襲《おそ》ってきた。

このまま寝《ね》ちまいたいなと思っていると、いきなり正輝の手で、くるんとひっくり返されてベッドに俯《うつぶ》せにされた。

「なんなんだよ。もう眠《ねむ》いんだけど……」

「もうちょっとだけ。背中も見せてよ」

「見るだけだぞ。俺、もう寝る」

枕《まくら》を引っ張り寄せ、シカトしてこのまま寝てしまおうと顔を埋《うず》めた。

「触《さわ》っちゃ駄目か……。お預けは辛《つら》いなぁ。こんなに綺麗《きれい》な背中なのに……。この肩胛骨《けんこうこつ》のラインもいいな。夏になって綺麗に日焼けしたところに、白い羽をペインティングしたら、さぞかしエロティックな眺《なが》めだろうなぁ」

触りたい、これじゃ生殺しだと、ブッブッと不満そうな声が降ってくる。

「あー、うっせ! 寝てらんねぇだろ。そんなに触りたきゃ触れ!」

眠かったし酔っぱらってるしで、一弥は危機管理意識が働いていなかった。

失言したと気づいたときは、肉厚の大きな手が嬉々《きき》として背中を撫で下ろし、肩胛骨の間にキスを落とされていた。

「っ……んっ……」

敏感になっていた肌に、これはかなり効いた。

一気に眠気が吹《ふ》っ飛び、背筋に電流のような甘い痺れが走る。

「カズちゃん、感じると、ここがヒクつくんだな」

大きな手に脇腹《わきばら》を撫で上げられ、また甘い感覚が背筋を走った。

(くっそ)

一弥は声が出そうになるのを枕に顔を押しつけて堪えた。

一弥が黙《だま》っているのに調子づいたらしい。

「背中から腰にかけて……本当に綺麗なラインだ。このお尻《しり》の形もたまらないな」

まるでオイルかなにかを塗《ぬ》っているかのように、正輝の大きな手の平が一弥の肩から背中へ、
そして腰からお尻へと撫でながら降りていく。

その手の平が双丘《そうきゅう》を優《やさ》しく撫でた後、ぐっと肉を摑んで軽く両側に開こうとした。

「ちょっ、そっちは駄目《だめ》だって言ってんだろ！」

一弥は両腕《りょううで》を突《つ》っ張《ぱ》ってがばっと起き上がり、正輝を睨《にら》みつけた。

が、急に起き上がったせいでくら〜と目が回り、またベッドに倒《たお》れ込む。

「こんなに敏感《びんかん》で愛されるのに向いてる身体《からだ》なのに、なんでそう拒《こば》むかな？」

「嫌なものは嫌なんだ」

覗《のぞ》き込んでくる正輝に顔だけ向けて、一弥は強固に拒んだ。

「あのバーテンダーの話じゃ、けっこう遊んでるそうだし、誰《だれ》かに操立てしてるってわけでもないんだろう？　こっちの楽しみを覚えないのはもったいないよ。損だと思わない？」

「思わねぇ」

「頑固《がんこ》だなぁ」

ふうっと溜《た》め息をついていた正輝が、ふと心配そうな表情になる。

「もしかして……子供の頃《ころ》に悪戯《いたずら》されたことがあるとか？」

「ねぇよっ!!」

馬鹿《ばか》言うなとじろっと睨んだものの、まっすぐ見つめてくる心配そうなその視線に気持ちがくらっと揺《ゆ》らいだ。

（この目、ホント、直己に似てるなぁ）

直己とは友達という対等な立場であり続けることを選んだから、心配されても愚痴《ぐち》る程度で素直《すなお》に寄りかかったことはなかった。

でも、この男にならちょっとぐらいなら甘えてみてもいいかもしれない。

同情を引けば、さっきみたいに頭を撫《な》でてくれるかもしれないし……。

(あれは、けっこう気持ちよかった)

大きな厚みのある手で頭を撫でられるのは、まだなんの不安もなかった幼い日に戻《もど》ったような安心感がある。

「ただ、ちょっと、みっともねぇ思い出があるだけで……」

「どんな?」

「初体験で邪魔《じゃま》が入って失敗した。……な? みっともねぇだろ」

当時、一弥は中学生で、相手は大学生の家庭教師だった。

一弥にとっては初恋《はつこい》みたいなもので、向こうもはじめて同性を好きになったとかで、お互《たが》い手探《てさぐ》り状態でぎこちなく実に可愛《かわい》いつき合いをしていた。

キスとたわいのないデートだけで三ヶ月、触りっこする程度でまた三ヶ月、ゆっくりと関係を深め、その先に進むのにも焦《あせ》らなかった。

身体を慣らす手間も惜《お》しまず日にちをかけ、そして念願かなってやっとひとつになろうとしたときにいきなり邪魔が入ったのだ。

「やろうとしてたら、義母がいきなり部屋に入ってきやがった。……その後は、もうぐちゃぐちゃの修羅場さ。思い出したくもねぇや」

「その恋人とはどうなった?」

「直後に別れた。……いきなり目が覚めたんだとさ」

恋をしていると思っていたけど、どうやら勘違《かんちが》いだった。同性相手に恋をするだなんてやっぱり無理だと電話で言われて、唐突《とうとつ》に全部お終《しま》いになった。

「今なら納得《なっとく》できんだ。中学の頃の俺って、けっこうなかわい子ちゃんだったからさ。ノーマルでも、ついうっかり勘違いするかもなって……。でも、さすがにあんときは無理だった」

裏切られたと思った。

家族との折り合いの悪さから目をそらすように、その頃の一弥は彼との恋にのめり込んでいて、だからこそ余計に傷は深かったのだ。

『人』という字は人と人とが支え合ってできているだなんてよく言うけど、いきなりその支えを失って、泥《どろ》だらけの地べたにびちゃっと倒れ込んだようなものだ。

周囲に人はたくさんいるのに、泥だらけの一弥を助け起こしてくれる人は誰もいなかった。

だから一弥はひとりで起き上がり、自分でその泥をぬぐうしかなかったのだ。

そんな惨《みじ》めな体験が、一弥の心に深い傷を残した。

もう二度と、あんな風に心を委《ゆだ》ねるような真似《まね》はしないと決めた。

甘えて信頼《しんらい》した挙げ句、唐突に放《ほう》り出されるぐらいなら、最初からひとりでいたほうがいい。

(あんな風に裏切られんのは、二度とごめんだ)

一弥にとって抱《だ》かれる側に回ることは、その相手に寄りかかるのと似たような感覚なのだ。

だから、どうしても抵抗《ていこう》がある。

「そんときのイヤ～な気分を色々と思い出すからさ、抱かれる側に回るのが駄目なんだ。わかったら、もう諦めて寝かせろよ」

目が回らないようゆっくり起き上がり、足元に置かれてあった毛布を勝手に引っ張り上げてくるまると、また頭を撫でてくれないかなとちょっと期待しながら横になって目を閉じる。

「そうか……」

聞き終えた正輝は、期待通りにその大きな手で一弥の髪《かみ》に触《ふ》れた。

（……よしよし。いい感じ）

出すもの出してすっきりしたし、この心地《ここち》好《よ》さに浸《ひた》りながら眠《ねむ》ってしまおうと思っていたのだが……。

「おっさん、なにしてんだよ」

頭を撫でていた手が徐々《じょじょ》に耳元から頬《ほお》へと降りていき、正輝が覆《おお》い被《かぶ》さってきてベッドがキシッと揺れる。

「いや、うん。嫌《いや》な記憶《きおく》をそのまま放置して何度も繰《く》り返し思い出すより、いい記憶で塗《ぬ》り替《か》えちゃったほうがいいんじゃないかと思って……」

目を開けて睨んだ一弥に、正輝が微笑《ほほえ》みかけてくる。

「……んなこと、頼《たの》んでねぇよ」

「そう言わずに……。大丈夫《だいじょうぶ》、ここなら邪魔は入らないから」

「いや、ちょっ……」

ちょっと待て、と胸を押し返そうとした手をあっさり除《の》けられて、深く口づけられた。

（くそっ。このキス、ヤバイんだって）

流されまいと頑張《がんば》ってはみたが、もうすでに一弥のいいところを探り当ててしまっていた正輝が巧妙《こうみょう》に攻《せ》めてくるものだから、どうにもならなかった。

「ほら、もう気持ちよくなってきた」

「……っ……」

毛布の上から膨《ふく》らみかけたそこをやんわり揉《も》まれて、一弥は声を漏《も》らさないよう息を呑《の》む。

「怖《こわ》がらなくても大丈夫。俺は絶対にカズちゃんを裏切らないよ。ずっと側《そば》にいる」

「だから、んなこと頼んでねぇって言ってんだろうが！」

だが、「触《さわ》るな！　乗っかってくんなってば！」と、押しのけようと突っ張った腕《うで》にはどうしても力が入らない。

酔《よ》っぱらってるせいだけじゃなく、毛布をはいで直接触れてきたその大きな手の平の感触《かんしょく》が心地好すぎたせいだ。

「大丈夫、怖くない。ちゃんと気持ちよくしてあげるよ」

全部俺に委ねて……と、優《やさ》しい声で耳元で囁《ささや》かれると抗《あらが》う気力も萎《な》えた。

(……ま、いっか)

その気になってしまっている自分より大きな男相手に抵抗したところで、無駄《むだ》なあがきだ。

無駄に抵抗するよりも、開き直って楽しんだほうがいい。

それに、正輝の言うことにも一理ある。

(いつまでも、あんなくだらないことに拘《こだわ》ってるのも馬鹿《ばか》らしいか)

大学卒業と同時に、家族とは縁《えん》が切れた。

昔の恋人の顔だって、実はもうほとんど思い出せないぐらいなのに、『裏切られた』という嫌な感情だけがいつまでもしつこく心の中に残っている。

こんなくだらない拘りをいつまでも抱《かか》えてないで、さっさと解放されたほうがいい。

そう考えれば、行きずりの相手である正輝なら後腐《あとくさ》れもないし、その相手としては悪くないかもしれない。

「やらしてやってもいいけどさ……。こっちはマジではじめてなんだ。——おっさん、絶対無茶《むちゃ》すんなよ」

胸元《むなもと》にキスを落とす正輝の髪をぎゅっと摑《つか》んで顔を上げさせ、命令口調で言うと、正輝は嬉《うれ》しそうに目元を緩《ゆる》めた。

「まかせなさい。カズちゃんを傷つけやしないから」

信用してと言われて、一弥はなんとなく頷《うなず》き返した。

慣れてるっぽいし平気だろうと、とりあえず正輝のなすがまま身体《からだ》を預けてみる。

予想通り正輝は慣れたもので、一弥のいいところをすぐに探り当てると、それはもう丁寧《ていねい》にそこを慣らしてくれた。

「……っ……しつこ……も……いいって……」

長い指と舌とで攻め立てられ、同時に前も可愛がられた一弥が泣き言を口走るほどに……。

「駄目《だめ》。もう少し我慢《がまん》して」

一弥がどんなに急《せ》かしても正輝は言うことを聞いてくれない。

散々泣かされ何度も精を放ってしまった一弥が、もしかしてこいつサドなんじゃねぇのかと疑いかけた頃《ころ》、やっと望みが叶《かな》えられた。

「そのまま、ぐったりしてなよ」

後ろからのほうがたぶん楽だからと、両手で腰《こし》を掴まれ熱いものを押し当てられる。

「ん……っ……ちょっ……」

ぐぐうっと押し入ってくるものの、指とは比べものにならない圧迫感《あっぱくかん》に一弥は焦《あせ》った。

滑《すべ》るものを塗《ぬ》り込まれてなおキツィ。

思わず首《こうべ》を回《めぐ》らせて振《ふ》り向くと同時に、初体験の相手に正輝を選んだことを心底後悔《こうかい》した。

(これ、ヤバイだろ)

大男の正輝は、そこも身体に見合ったサイズだったのだ。

「……っ！　ちょっ……ちょっと待て」

情けないことに本能的にびびってしまって、ぎゅうっとそこに変な力が入る。

さすがに正輝も辛かったようで、息を呑む気配の後、「落ち着いて」と耳元で囁かれた。

「カズちゃん、力抜《ぬ》きな」

「む、無理……」

ずり上がって逃《に》げようとしたが、がっしり身体を摑まれていてかなわない。

「大丈夫だって。先はもう入ってるんだから……。──ここも切れてないし」

ぐいっと尻《しり》に正輝の指がくい込み、そこを押し広げられた。

「くそっ。まじまじ見んな！」

「照れちゃって、可愛《かわい》いなぁ」

「うっせぇ、とにかくもう抜け！　んなでかいのでガンガンやられたら身体壊《こわ》れる」

「駄目。楽しいのはここからだから」

うなじから肩胛骨《けんこうこつ》まで音を立てながらキスされた。

と同時に、柔《やわ》らかな髭《ひげ》が背中をくすぐる。

「……ん……」

ぞぞっと一弥の脇腹《わきばら》がひきつって震《ふる》えた。

「ほら、カズちゃんだって悪くなさそうじゃないか」

痛いわけじゃないだろう？　と聞かれて、一弥は渋々《しぶしぶ》ながら頷く。

「乱暴なことはしない。痛がらせて、カズちゃんがこの先抱かせてくれなくなったら、俺だって切ないからな」

そう言いながら、正輝はまたゆっくりと腰を進めてくる。

二度目はねぇよと文句を言いたいところだったが、押し入ってくる熱に気を取られて声が止まった。

「……くっ」

痛くはないが、じわりと身体を押し広げられ内臓を押し上げられるような圧迫感に、どうしても息が詰《つ》まる。

緊張《きんちょう》しかかる身体を、正輝の唇《くちびる》と指先が慰撫《いぶ》するように触れて宥《なだ》めた。

「大丈夫。無理に動かしたりしないから……。ゆっくり俺に馴染《なじ》んでもらって、カズちゃんがちゃんとこっちで気持ちよくなれるまでじっくり粘《ねば》るよ」

（げっ）

もうすでに何度か達《い》かされている一弥とは違《ちが》って、正輝はまだ一度も放っていない。

いったいこの先、どれぐらいの時間これをくわえ込まされるのか……。

「ちょっ……」

ちょっと待て、そこまでする必要はないと拒《こば》む前に、正輝の指が顎《あご》にかかり無理矢理《むりやり》振り向かされて唇で口を塞《ふさ》がれた。

あまりの圧迫感に縮こまりかけていたふたつの膨らみを正輝の指がやんわりと揉みしだくと、ぎっちり正輝を呑《の》み込んでいたそこがなぜかひくつく。

「ああ、やっぱりね。カズちゃんは、こうして可愛がられるのに向いてるよ」

囁かれる嬉しそうな声に、羞恥心《しゅうちしん》からカッと熱くなった耳を舐《な》められて、脇腹がまたビクッと震える。

「……っ……」

一弥は勝手に出そうになる声を必死で嚙《か》み殺した。

「意地を張るのも、ホント可愛いなぁ」

うるせぇ、余計なこと言うなと文句を言いかけた唇が、また唇で塞がれる。

なんだか、反応すればするほど、正輝の手の平で転がされてしまう。

(くそっ、ガキ扱《あつか》いしやがって……)

悔《くや》しさから、一弥は心の中で歯嚙《はが》みした。

だが、意固地になりかけたその心も、執拗《しつよう》で巧《たく》みなキスと優しい愛撫《あいぶ》に解けてしまう。

蕩《とろ》けるような甘いだけの夜に、一弥はゆっくりと落ちて沈《しず》んでいった。

2

（……やっぱ、シーツは白だよな）

目が覚めてすぐ、ぼんやりと思う。

爽《さわ》やかな目覚めとはほど遠い気分なだけに、視界に入ってきたエロごと仕様の黒い光沢《こうたく》のあるシーツになんだかうんざりだ。

（当分、セックスはしたくねぇ）

身体が怠《だる》くて指一本動かしたくない。

はじめて男を受け入れたそこが重苦しく、同時に甘やかな痺《しび》れがまだ残っている。

（くそ。酷《ひど》い目にあった）

結果的に言えば、よかった、と言わざるを得ない夜だった。

触《さわ》られてない場所はないんじゃないかっていうぐらい身体中を撫《な》でくり回され、唇が腫《は》れるんじゃないかって思うぐらいしつこく口づけられ、ヒリヒリして痛いぐらい指と舌と歯とで乳《ち》首《くび》をいじられ、出るものが無くなるまで散々前を嬲《なぶ》られた。

その間も深々と正輝をくわえ込まされ、ゆるゆると刺激《しげき》され続けていたそこは、やがて痺れるような甘さに疼《うず》きはじめて……。

『そろそろ、いい？』

正輝は宣言通り、一弥自身が疼く身体《からだ》に我慢できなくなって腰を揺《ゆ》らすようになるまで自身の欲求《よっきゅう》を抑《おさ》えて粘り続けた。

自分の欲望《よくぼう》のために動きはじめてからも一弥の身体を労《いたわ》ることは忘れず、最後まで乱暴な真《ま》似《ね》は本当にしなかった。

見上げた根性《こんじょう》だと認めてやってもいいが……。

「いくらなんでも、初心者相手に粘りすぎだっての」

そう呟《つぶや》いた一弥の声は散々鳴かされたせいでかすれているし、はじめてだっていうのに長時間開かれたままだったそこは、違和感《いわかん》がありまくりで身動きするのすら面倒《めんどう》なぐらいだ。

とはいえ、いつまでもここで伸《の》びているわけにはいかない。

（起きて、とっととここから逃げよ）

正輝はこの先もあるようなことを言っていたが、それはご遠慮《えんりょ》願いたい。

接点はフロートだけだから、ここから逃げ出した後、当分あの店にさえ近づかなければそれで万事《ばんじ》解決だ。

起き上がろうと身体を動かしかけた一弥は、右足に妙《みょう》な違和感を感じた。

「ああ？」

チャリッという金属音にビビリつつ、おそるおそる毛布を引っ張って確認《かくにん》すると、足首がタオル越《ご》しに金属の鎖《くさり》でぐるぐる巻きにされていてがっちり南京錠《なんきんじょう》で止められている。鎖のもう一方の端《はし》は、ベッドの支柱にぐるぐる巻きにされていて、やっぱり南京錠で止められているようだった。

「監禁《かんきん》……された？」

サアッと血の気が引いた。

鎖から足首を引き抜《ぬ》こうにもまったく緩《ゆる》みのない状態で繋《つな》がれていて無理だったし、両手で鎖を摑《つか》んで引っ張ってみたが、頑丈《がんじょう》な作りでどうにもならない。

「これ、かなり……ヤバイ状況《じょうきょう》だよな」

それなりに遊んできたから、初対面の相手と寝《ね》る危険性は充分《じゅうぶん》に承知しているつもりだった。置き引きや美人局《つつもたせ》に引っかからないよう普段《ふだん》は充分に注意しているのだが、昨夜《ゆうべ》は酷く酔《よ》っぱらっていたせいもあって、用心する間もなくここに連れ込まれてしまっていた。

携帯《けいたい》は？　と見回した部屋は、昨夜は気づかなかったが、ちょっとびっくりするぐらい広い。

「あった……けど、ここからじゃ届かねぇか」

広い部屋の反対側にあるテーブルの上、綺麗《きれい》に畳《たた》まれた服と共に携帯が置いてあったが、足が固定されている状態じゃどうにもならない。

（おっさん、こんなコトするような奴《やつ》には見えなかったのに……）

直己に似た、まっすぐで誠実そうな眼差《まなざ》しの持ち主だと思ったから信用したのだが、どうやら酔っぱらっていたせいで見間違《みまちが》えたようだ。

苦い失望感に、一弥は唇を噛む。

だが、落ち込んでばかりもいられない。

こちらから連絡《れんらく》が取れないとなると、誰《だれ》かが気づいてくれるのを待つしかないってことだ。

なんだかんだで家族との縁《えん》は切れてるし、失業中で社会的に繋がれている場所もない。

遊び相手達は、一弥からの連絡が途絶《とだ》えてもさして気にしないだろう。

となると、頼《たの》みの綱《つな》はただひとり定期的に連絡を取っている友達の直己だけだが、直己は呑《のん》気《き》で鈍臭《どんくさ》いところがあるから、この緊急《きんきゅう》事態に気づいてくれるのがいつになることか……。

不安感から思わず毛布を引っ張り寄せたとき、ガチャッとドアの開く音がした。

「お、目が覚めた？」

ドアを開けてそこに現れたのは、見知らぬ外国人の男の姿だ。

「……あんた、誰？」

「誰って……。昨夜あんなに可愛《かわい》くしがみついてくれたってのに、簡単に忘れないでくれよ」

「え？　ってことは、おっさん？」

「そうだよ」

深く頷《うなず》いたその男の、細められた優《やさ》しげな目元には確かに見覚えがある。

（おっさん……って歳じゃ、本当になかったんだな）

もさっとした赤毛の髭《ひげ》が取っ払《ぱら》われた顔は確かに若々しく、呆《あき》れるほどに整っていた。

昨夜は確かに熊《くま》みたいなもさっとした大男だったはずなのに、髪《かみ》や髭をきちんとしただけで、まるでハリウッド映画に出てくる俳優のようにパリッとした凛々《りり》しい見栄《みば》えになっている。

ぼさっと伸ばしっぱなしだった前髪も軽く後ろに流され、すっかり露《あら》わになったその彫《ほ》りの深い顔の口元には穏《おだ》やかな笑《え》みが浮《う》かび、人間的魅力《みりょく》に満ちあふれていた。

「綺麗どころが好きだってカズちゃんが言うから髭を剃《そ》ってみたんだ。——この顔、どう？悪くない造作だろ？」

歩み寄ってきた正輝が、ぐいっと顔を寄せてくる。

条件反射的にビクッとした一弥は、思わず身を引いた。

そんな一弥の反応に、正輝は不思議そうな顔をする。

「どうした？」

「どうしたって……。鎖で繋がれて平気でいられるわけがねぇだろ」

怖《こわ》がっているつもりはなかったが、一弥の声は知らず知らずのうちに震《ふる》えていた。

（くそっ）

そんな自分が恥《は》ずかしくて、舌打ちしながら目をそらす。

「ああ、そっか。ごめんごめん」

正輝はジーンズのポケットから鍵《かぎ》を出すと、あっさり一弥を解放した。

「出掛《でか》けている間に逃《に》げられないようにしてたの忘れてた。食料がなかったんで買い出しに行ってたんだよ。——怖がらせて悪かった」

そう言うと、正輝は一弥を当たり前のような自然な仕草で抱《だ》き寄せる。

ぎゅっと抱き締《し》められ、ついうっかりほっとした一弥は、次の瞬間《しゅんかん》ひとりで狼狽《うろた》えていた。

(違う)

抱き締められてほっとしたんじゃなく、足の縛《いまし》めが解かれたからほっとしただけだと自分に言いきかせながら、「うぜえ」と正輝の胸を手の平で押し戻《もど》す。

「監禁しようとしてたんじゃねぇのか?」

「そんな酷いことしないって」

「嘘《うそ》つけ。こんな鎖やら南京錠やらを用意してあるのがそもそもあやしい」

「それはたまたま仕事で使った残りだ。嘘じゃなく、ホントにちょっとの間だけ足止めしたかっただけなんだ。——昨夜はカズちゃんがあんまり美味《おい》しそうだったから我慢《がまん》できずに抱いてしまったけど、朝になって、やっぱり後悔《こうかい》したもんだから……」

「あんだけ好き勝手しといて、後悔だと?」

なんて失礼な奴だと一弥は正輝を睨《にら》みつける。

「そうじゃなく、順番を間違えたって意味だよ。あんな風になし崩《くず》しに抱くべきじゃなかったと思って……。まず最初に、もっとちゃんと口説くべきだった」

正輝は一弥の顔を改めてまっすぐ見つめてから、その目元をゆっくり細めた。

「君は綺麗だ」

「……はあ?」

突然《とつぜん》なにを言い出すんだと呆れた顔をした一弥に、「運命を感じたんだ」と正輝が言う。

「カズちゃんをひとめ見てわかった。俺と君は相性《あいしょう》がいいって……」

「けっきょくエロごとかよ。おっさん臭《くせ》ぇ口説き文句だな」

「あ、いや、違う。そっちじゃなく、こっちの相性のことだ」

正輝は自分の胸を手の平で押さえた。

「俺と一緒《いっしょ》にいれば、一生楽しく生きられる。保証するよ」

「ちょっ……と、それ、大袈裟《おおげさ》すぎねぇか?」

一生だの保証だのと、昨夜会ったばかりの相手に言う台詞《せりふ》じゃない。

一目惚れしたとしても、その恋《こい》が一生続くとは限らない。

離婚《りこん》する夫婦《ふうふ》もいれば、別れるカップルもいる。

百年の恋も一時に冷めるってことが、この世にはままあるものだ。

一弥がそこら辺を冷静に突《つ》っ込んでみたら、正輝は少し悲しげに肩《かた》を落とした。

「カズちゃんの生《お》い立ちじゃ、すぐには信じてもらえないか……。——二日酔いは?」

立ち上がった正輝は、唐突《とうとつ》に話題を変えた。

「平気だけど」

「よかった。朝食……っていうか、時間的にはもう昼食だな。用意したけど食べれるな？　とりあえず、シャワーを浴びてから一階に降りといで」

一弥の返事を待たず、バスルームはそっちのドアだからと指差して、さっさと部屋を出て行ってしまう。

「……わけわかんねぇ奴」

鎖で繋いでみたり、唐突に口説いてみたり……。

目覚めてからこっち、ろくに落ち着く暇《ひま》もない。

一弥は深く息を吐《は》いて少し気持ちを落ち着かせてから、とりあえずシャワーを浴びようとベッドを降りることにした。

が、床《ゆか》に足をついてみたら、足に力がうまく入らない。

舌打ちしながらなんとか立ち上がってみたが、一歩踏《ふ》み出すごとに尻《しり》のあたりにもの凄《すご》い違《い》和感《わかん》を感じる。

「……くそっ」

すっかり意地になった一弥は、わざと大股《おおまた》で続き部屋になっているバスルームに向かった。

「ったく、なんなんだよ、これは」

鏡に映る自分の身体《からだ》のあちこちにキスマークが散らされているのにも思わず舌打ちする。熱いシャワーを浴びたら、少しだけ機嫌《きげん》がなおった。

身体が温まったせいか軽い空腹も感じる。

シャワーを浴びたらそのまま帰るつもりだったのだが、用意してあるなら食事してやらないこともないと思い直し、服を着て正輝が出て行ったドアを開けて部屋から出ようとして、「――なんだここ?」と目が点になる。

常識的に考えて、普通《ふつう》ドアを開けたら廊下《ろうか》がありそうなイメージだが、この家は違った。ドアの向こうには、こっちの部屋よりもずっと広い、テニスコートが軽く入りそうな広い空間が広がっていた。

壁《かべ》の一面が全部ガラス張りで明るく、なんの仕切りもなくだだっ広《ぴろ》い空間には、作りかけらしい彫像《ちょうぞう》や、針金や鎖《くさり》がごちゃごちゃ組み合わされたオブジェみたいなもの、製図台や劇場っぽい建物の模型などがあちこちに雑然と置かれてある。

「ロクロまである。……工房《こうぼう》みたいなもんか?」

仕事で鎖や南京錠《なんきんじょう》を使うというのもあながち嘘ではなかったのかもしれない。

きょろきょろと見回していると、部屋の隅《すみ》に階段を見つけた。

尻のあたりの違和感から、壁に手をつきつつおそるおそる一段ずつ階段を降りて一階につくと、そこには上の階と同じだけの広さの空間が広がっていた。

こっちは二階より整理整頓《せいとん》されていて、応接用らしきソファセットがあり、木工用のスペースらしきものが部屋の隅にある以外はアトリエっぽい雰囲気《ふんいき》で統一されていた。

「この絵、もしかしてあのおっさんが描《か》いたのか」

壁に立てかけられた巨大《きょだい》なパネルに描《えが》かれた鮮《あざ》やかな色合いの絵に、一弥は目を奪《うば》われ歩み寄って行った。

絵の様式はよくわからないが、たぶん抽象《ちゅうしょう》画の一種なのだろう。

幾何学《きかがく》模様が組み合わされた奇妙《きみょう》な絵柄《えがら》は、なぜか風にさざめき光を弾《はじ》く水面を連想させる。所々に散らされた、ヒマワリを思わせる鮮やかな黄色が印象的だった。

「なんかこの黄色、お風呂《ふろ》グッズのアヒルっぽいな」

ぷかぷかと池に浮かぶ大量のアヒルの玩具《おもちゃ》達を連想して、間近で絵を見上げながら一弥は小さく笑った。

高尚《こうしょう》そうな抽象画に対して、ちょっとばかり失礼な感想かもなと思っていると、「正解だ！」といきなり大きな声が聞こえた。

「――っ！」

びっくりして振《ふ》り向こうとしたところで、尻の違和感のせいで力が入りづらかった膝《ひざ》が不意にカクッと落ちた。

ここで、転《こ》けるなんてみっともないと意地を張ったのがまずかった。

身体を支えようと壁に伸《の》ばした手がパネルの端《はし》を思いっきり押してしまい、その反動で壁に立てかけてあっただけの巨大なパネルが、ゆら〜っと壁から離《はな》れてしまう。

ヤバイと感じた一弥は咄嗟《とっさ》に絵の下に入って支えようとしたのだが、その前に腕《うで》を摑《つか》まれパネルの下から引っ張り出されていた。

「う……わぁ」

ゆっくりと倒《たお》れてきたパネルは、一弥の目の前で片側だけが中途半端《ちゅうとはんぱ》に浮《う》いた状態で床に倒れた。

パネルの前にあった、画材が置かれた小さなテーブルが下敷きになったようだ。

「……これ、傷ついてんじゃねぇかな」

倒れた際、ガリガリッと酷《ひど》く嫌《いや》な音がした。

パネルの下から引っ張り出してくれた正輝を一弥がおそるおそる振り向くと、正輝は気にした風もなく、にこにこしている。

「あれがアヒルだってよくわかったな。やっぱり俺達、相性がいいよ」

正輝はやけに嬉《うれ》しそうだ。

「ってか。んなことより、この絵、傷ついてないか確認《かくにん》しないとまずいんじゃねぇ？」

「いや、いいよ。──それより、一緒にご飯を食べよう」

（マジでいいのかな）

かなり不安だった。

が、傷がついているのをしっかり確認するのも怖《こわ》いような気がして、不安に駆《か》られながらも摑まれたままの腕を引っ張られるまま歩く。

「二日酔《よ》いかと思ってたんで、軽いものしか用意してないんだけど」

連れて行かれたのは、料理教室が開けそうなぐらい広いダイニングキッチンだった。

数種類のデニッシュに野菜スープ、ベーコンを添《そ》えた刻んだトマト入りのスクランブルエッグと、グレープフルーツが散らされたグリーンサラダ。

どれが好きかわからなかったからと、いろんなフルーツも綺麗《きれい》にカットされてガラスの器《うつわ》に山盛りになっている。

「これ、あんたが自分で用意したのか？」

「まあな。ひとり暮らしが長いから、大抵《たいてい》のものは作れる。食べたいものがあるならなんでも作るよ？」

リクエストしてと言われたが、一弥は首を横に振る。

「いや、これでもう充分《じゅうぶん》」

二日酔いにはなってないが、さすがにあれだけ飲めば絶好調と言える状態でもない。

というか、正直、さっきの絵のことがまだ気になっていた。

（あんな大きい絵、まさか趣味《しゅみ》で描いてるってわけねぇよな）

本当にあのまま放置しておいてよかったんだろうか？

「飲み物は？　珈琲《コーヒー》？　紅茶？」

「あー、珈琲」

気になって仕方ない一弥は、正輝の質問にぼんやりしたまま答え、やっぱりぼんやりしたま
ま、まだ湯気の立っているスクランブルエッグをフォークですくって口に入れた。

「……あ、うま」

「トマトの酸味でさっぱりしてるだろ？　二日酔いの朝にはちょうどいいかと思って。こっち
のデニッシュは近所のパン屋の焼きたてだ。ここのパンは、どれもかなりいけるよ」

勧《すす》められるまま、どれどれと口にしたデニッシュは、上質なバターの香《かお》りがして確かに美味《うま》
かった。

美味いものを食べると、条件反射的に口元が緩《ゆる》む。

「気に入ったみたいだな」

それを見た正輝が、笑《え》みを深くする。

それがなんだか妙《みょう》に気恥《きは》ずかしかった。

出されたものをペロリと平らげた上に、デザートの追加にメロンまで食べていたとき、「や
だ、どうしたのよ！」と背後から唐突《とうとつ》に女の声が聞こえた。

びっくりして振り向いた先には、胸の下まであるストレートの黒髪《くろかみ》が印象的な気の強そうな美女が立っている。

「やっと髭《ひげ》を剃《そ》ってくれたんだ。髪はそのまま？　ああ、でもいつもの短髪《たんぱつ》より、これぐらい長いほうがいけてる。なんか、妙にいかがわしい感じがして前よりずっといい！」

美女は一弥には目もくれず、嬉しそうに正輝に歩み寄って行く。

その目は、正輝の顔に釘付《くぎづ》けだ。

「あ、そうだ。また髭が伸びる前に宣材用の写真を撮《と》りましょうよ」

「いや、髭はもう伸ばさないから、それはまた今度にしとこう」

「駄目《だめ》よ。あんたの『また今度』は当てにならないんだから。ほら、さっさとスーツに着替《きが》えてきて。――あなた、デジカメ使える？」

ひとりではしゃいでいた美女が、ぐるっと振り向いて唐突に一弥を見た。

「……人並みに」

「そう。じゃ、これ。正輝の着替えが終わるまでに使えるようになっといてね」

壁一面にある収納棚《だな》のひとつから、一眼レフのデジカメとその説明書を取りだし、一弥にポイッと渡《わた》すと、美女は「ほら、着替えるわよ」と正輝の腕を掴んでダイニングキッチンから消えた。

「……なんなんだ。ホントに」

いっそこのまま帰ってしまいたいところだが、手渡された高級そうな一眼レフのカメラが魅《み》力《りょく》的でついついいじってしまう。

ざっと説明書を読み、カメラを構えてファインダー越《ご》しにダイニングキッチン内をあちこち眺《なが》めているとふたりが戻《もど》ってきた。

(うわぁ、決まりすぎ)

美女に着せられたのだろう。

気障《きざ》なソフトスーツに身を包み、髪も前よりちゃんとセットし直した正輝は、眩《まぶ》いほどに格好よかった。

まるで異国の街並みがその背後に見えそうな決まりように、一弥は軽く眩暈《めまい》を覚える。

「今日は天気がいいし、まず庭で撮りましょうか」

あなたも来なさいと命じられるまま、一緒《いっしょ》に外に出て、指示されるままシャッターを切る。

(ま、いっか)

命令口調で指示されるのは少々気に入らないが、カメラがいじれるのは楽しいし、不本意ながらもこの美形の被写体《ひしゃたい》を眺めて楽しいのもまた事実だ。

(しかし、すっげー家)

外に出てみてはじめて、ここが一軒家《いっけんや》だったことを知った。

撮影《さつえい》の合間に見上げた三階建ての家は、コンクリート打ちっ放しのまるで四角い大きな箱のようで、あちこちに大きな窓がぽっかり空いているのがアクセントになっている。

その周囲を、まるでジャングルのような緑の庭が厚く覆《おお》っていた。

都心でこれだけの敷地《しきち》に家を建てるのにいくらかかるんだろう？

一弥には想像もつかない。

「じゃ、次は屋上ね」

美女に促《うなが》され外階段を上って屋上に上がると、夏場にビアガーデンが開けそうな広さの緑化された屋上庭園が広がっていた。

「そこのベンチに座って、足組んで……。そう、ちょっと軽く髪をかき上げてみて」

美女に命じられるまま、ポーズを撮る正輝を一眼レフで撮る。

ファインダー越しに覗《のぞ》く正輝は、まっすぐ一弥を見て楽しげに微笑《ほほえ》んでいる。

「あー、もう、いい笑顔。いっつもそんな風に笑っててくれたら、こっちも楽なのに」

「今日は特別。目の前にカズちゃんがいるからね」

「カズちゃん？」

正輝の言葉に、美女がぐるっと一弥を振《ふ》り向く。

「宮澤一弥」

とりあえず親指で自分を指差しながら自己紹介《しょうかい》すると、美女も「花井美香《はないみか》よ」と名乗り返してくれた。

が、すぐに一弥への興味を失ったようで、「次は工房《こうぼう》で撮りましょ」と正輝を急《せ》かす。

屋上のドアの鍵《かぎ》が開いて無かったため、また外階段を庭まで降りて三人で一階の工房へ向かう。

そして事件は起きた。

「なに、これ！」

巨大《きょだい》なパネルが床《ゆか》に倒《たお》れかかっているのを見た美香が、血相を変えて駆け寄って行く。

正輝が手を貸してふたりでパネルを壁《かべ》に立てかけ直し、絵を見た美香はサアッと青くなった。

「傷ついてるじゃない」

倒れたときのガリッガリッという音で一弥が案じていたように、絵の中央部分に机に擦《す》れた痕《あと》が長くくっきりと残っていた。

かなり深く削《けず》れたようで、もともとのパネルの色が表にしっかり出てしまっている。

「あー、ごめん。さっき俺が倒しちゃって……」

「あなたの仕業《しわざ》!?」

キッと美香に睨《にら》まれ、一弥は思わず首を竦《すく》めた。

（こえ～）

一弥の南国系の濃《こ》く甘い顔立ちは、人気のあるアイドルグループのメンバーに似ているとかで、女性達からは不必要なほどウケがいい。

そんな女性達の媚《こ》びを含《ふく》んだ視線が気持ち悪いものだから、一弥は必要以上に女性に対して強気で接したり邪険《じゃけん》にしたりすることが多いのだが、美香に対してはそれはできなかった。

彼女の視線にはその手の媚びが一切《いっさい》なく、ただ純粋《じゅんすい》に非難の色だけが浮《う》かんでいて、元から罪悪感を感じていた一弥にはあまりにも痛すぎたのだ。

「この絵の価値、わかってる?」

「あ、えーっと、実は全然。……ってか、そっちの人がどういう人なのかも知らねぇし」

「知らなかったで済ませられる問題じゃないのよ～」

じりじりっと怖《こわ》い顔で歩み寄ってくる美香に一弥がたじたじになっていると、正輝が間に入って、まあまあと宥《なだ》めてくれた。

「美香、そう怒《おこ》るなって。どうせこの絵、傷つかなくても描《か》き直すつもりだったんだからさ」

「描き直すって……。納期は一週間後よ?」

「あー、それはちょっと無理だな。悪いけど、調整してくれる?」

「そんなぁ。描き直さなくても、修正すればいいんじゃない? 正輝ならできるでしょ?」

「だから、描き直したいんだって……。長いことふぬけてたが、昨夜《ゆうべ》やっと目が覚めたんだ。目が覚めて改めてこの絵を見たけどさ、これは駄目だよ。どうしても描き直したい」

頼《たの》む、と正輝に懇願《こんがん》されて、美香は溜《た》め息をつきながら肩《かた》を落とした。

「正輝がそこまで言うなら仕方ないか……。――いきなり髭を剃ってたから、なんか変だとは

思ってたけど……。いったいなにがきっかけで目が覚めたのよ」

「カズちゃんと出会ったお蔭《かげ》かな」

「カズちゃんねぇ」

さっきまでよりはマシなものの、ちらっと一弥を見る美香の視線はまだまだ厳しい。

「なかなかやる気を起こしてくれなかった正輝を目覚めさせてくれたことには感謝するけど、この絵をこんなにしてくれたことは恨《うら》むわよ。ふぬけたときに描いてた絵だって、売ればけっこうな値段になるんだから」

「……弁償《べんしょう》してもいーけど？」

一弥がおそるおそる提案すると、美香は鼻で小馬鹿《こばか》にしたように笑った。

「はっ、これだから芸術を理解しないお子様は嫌《いや》なのよ。この絵はね、あんたみたいな小僧《こぞう》に弁償できるようなものじゃないの」

完全にこっちを馬鹿にしたその態度が、カチンと気に障《さわ》った。

「うっせぇ、買い取ってやるから金額を言え！」

宣言した一弥を見て、美香が「はっ」とまた鼻で笑う。

次いで彼女が口にした絵の金額は、確かに一弥に払《はら》えるようなものじゃなかった。

だが、買い取ると口にした以上、もう後には引けない。

「一括《いっかつ》は無理、分割《ぶんかつ》でどうよ？」

「はっ、あなたじゃ分割でも無理なんじゃない？」

「何年かかっても払ってやるよ！」

意地を張る一弥を眺めていた正輝が、ふっと目元を緩《ゆる》めた。

「カ～ズちゃん。自分が墓穴掘《ぼけつほ》ってるって自覚ある？」

唐突《とうとつ》に話しかけられたことでふと我に返った一弥は、ムキになっていた自分が急に恥《は》ずかしくなった。

「…………ある」

「確か、失業中だって言ってなかったっけ？」

「……まあな。でも、すぐにバイト見つけるし」

「ああ、だったら、ここでバイトするってのはどう？」

「は？」

正輝から思いがけないことを言われて、一弥は目を点にした。

「彼女、俺のエージェントで、前々から力仕事もできる若いアシスタントが欲しいって言ってたんだ。君なら条件ぴったりだ」

「いや……それはちょっと……」

昨夜の一件もあることだし、それはちょっと遠慮《えんりょ》したい。

「こっちのお姉さんも嫌がるんじゃねぇの？」

どう贔屓目《ひいきめ》に見ても自分に好感を抱《いだ》いてないだろう美香に視線を向けると、美香はその視線をシカトして正輝を見上げた。

「正輝は、この子が側《そば》にいるとやる気が出るの？」

美香の問いに、「そりゃあもう」と正輝が深々と頷《うなず》く。

「だったらいいわ。――ってわけで、あなたにはここで働いてもらって、それで弁償してもらうことにしたから。給料天引きの分割で支払《しはら》ってもらうとして、三十年ローンにする？　それとも五十年？」

「え、いや……でも……」

「あら、逃《に》げる気？」

これだから今時の若い子は、と美香が鼻で笑う。

カチンときた一弥は、「誰《だれ》が逃げるかよっ！」とついうっかり口にしていた。

「じゃ、決定だ」

そんな一弥を見て、正輝が嬉《うれ》しげに笑う。

（……ああ、畜生《ちくしょう》。このおっさんといると、なんかペース狂《くる》う）

と同時に、自分のこの短気さが憎《にく》らしい。

完全に墓穴を掘った形の一弥は、その眉間《みけん》に深々と皺《しわ》を寄せていた。

3

大学在学中、一弥は有名どころの一部上場企業《きぎょう》から内定をもらっていた。

卒業後はそこで働きはじめたのだが、一ヶ月もしないうちにあっさりクビになった。

クビになったそもそもの原因は、女性上司からの一弥に対するセクハラだった。

セクハラに辟易《へきえき》した一弥が、自分はゲイだと彼女に直接カミングアウトして止《や》めてくれと訴《うった》えたら、どうもそれで彼女のプライドを傷つけてしまったらしい。

上司は傷つけられた仕返しとばかりに、一弥にレイプされかかったと根も葉もない嘘《うそ》をついて大騒《おおさわ》ぎしてくれたのだ。

一方的に悪役にされ悪《あ》し様に罵《ののし》られた一弥は、短気なせいもあってなにもかもが面倒《めんどう》になり、会社側からの解雇《かいこ》通告をそのまま受け入れた。

(で、今度は、雇用《こよう》主からセクハラされるわけか……)

ずるずると流されるまま熱～い一夜を過ごした上に、翌朝には口説かれかかった相手の許《もと》で働くことになるのだ。

これでなにも起きなかったら嘘だ。

だからといって、ここで尻尾《しっぽ》巻いて逃げるのも癪《しゃく》に障《さわ》る。

(……手ぇ出してきたら、金を要求してやる)

高い金額をふっかけてやると心に誓《ちか》い、さっそくその翌日の木曜日から正輝の自宅兼《けん》仕事場に通いはじめた。

だが、実際のところ、一弥を使うのは正輝のエージェントである美香で、正輝とはさほど接点がないようだった。

「一弥、その荷物持って。ほら行くよ」

美香は、免許《めんきょ》を持っている一弥に車を運転させ、銀行やら出版社やらに一弥を連れ回した。

今日の用事はここが最後と連れて行かれたのは、とある芸能事務所の持ちビルだ。

「おっさんを芸能界デビューでもさせるのかよ?」

「馬鹿言わないで。ここには写真を撮《と》りにきただけ」

とりあえずビル周辺の写真とエントランス内の写真を撮るようにと言われる。

「写真撮って、なんに使うんだ?」

「このビル、三年後に改装するんですって……。で、その際、このエントランスに高名な芸術家さまの作品を飾《かざ》りたいって相談されてるわけよ」

「高名な芸術家さまって、おっさん?」

「そうよ。まあ、正輝は国内より海外でのほうが評価が高いから、芸術系に疎《うと》そうなあんたが知らないのも無理ないけどね」

「芸術家って、具体的になにやってるわけ？」

「正輝は造形《ぞうけい》作家よ」

「造形作家？　なんだよそれ。さっぱりわかんね」

一弥は首を傾《かし》げた。

造形作家というくくり自体がわからないのに、美香の説明を聞いたらもっとわからなくなる。

彼女が言うには、正輝の一番の得意は絵だが、造形も好きだし、デザインもやるのだとか。

「地方の美術館の空間デザインから、子供向けの小さな玩具《おもちゃ》のデザインまでやってるの。興味が向くままなんでもやるから、もう何でも屋みたいなもんね」

「何でも屋の芸術家ね」

やっぱりさっぱりわからず首を傾げていると、そのうち自然にわかるようになるからと美香に笑われた。

「美香サンは、いつからおっさんのエージェントやってんの？」

「正輝とは同じ施設《しせつ》で育ったから、気がついたらなっちゃってたって感じかな」

(施設って言うと、あれか……)

一弥は、フロートのカウンターで聞き流した正輝の個人情報を思い出し、軽く眉《まゆ》をひそめた。

その表情の変化に目敏《めざと》く気づいた美香が聞いてくる。

「正輝から、なにか聞いてる？」

「あー、両親が正体不明だってことは聞いた」

「正体不明って、正輝もうまいこと言うわね」

あっけらかんとした調子でけらけらと美香が笑う。

「ふたりとも施設《しせつ》育ちよ。でも、正輝があぁだから、けっこう恵《めぐ》まれてたかな」

「おっさんが、ああって？」

「興味が向くままなんでもやる芸術家？　正輝ってば子供の頃《ころ》からそっちの才能に恵まれてたんだけど、困ったことに興味があっちこっちに向いちゃうの。でも施設や学校側としてはコンクール関係に間に合うように規定の作品を作らせたいじゃない？　で、そこら辺の調整をずっとあたしがやってたってわけよ。大人の言うことは聞かないけど、仲良しのお友達の頼《たの》みなら聞いてくれるから」

その流れで、今もエージェントとして仕事の調整をやっているのだと美香が言う。

「正輝は気紛《きまぐ》れで、すぐに興味の方向があっちこっちいっちゃうから手綱《たづな》取るのも大変よ」

「ふうん」

気紛れ、という嫌《いや》なフレーズに一弥は軽く眉をひそめた。

（ってか、おっさんが気紛れだからって、俺にはなんの関係もないし……）

口説かれても、遊びならともかく、本気で応じるつもりはこれっぽっちもない。

だから、正輝の気紛れさを気にする必要もない。

「んな厄介《やっかい》な相手によくつき合ってるよ。人生賭《か》けてる感じ？……もしかして、おっさんに惚《ほ》れてるとか？」

ゲイとはいえ、正輝はあの顔だから、当然女にだってもてるだろう。

一弥の下世話な問いに、美香はけらけらと笑って首を横に振《ふ》った。

「ないない。正輝とは兄妹《きょうだい》みたいなもんよ。――それにあたし、最愛のダーリンがいるし」

得意気に見せた左手の甲《こう》、その薬指には銀色の結婚《けっこん》指輪が光っていた。

「こりゃ失礼」

「どういたしまして」

一弥の謝罪に、美香が軽く肩《かた》を竦《すく》める。

（女だけど、悪くないか）

ベタベタしたところがなくて気性《きしょう》がはっきりしている。

不本意ながらもはじめたバイトだったが、女性上司のセクハラでクビになったばかりなだけに、この新しい上司のさばさばした態度に一弥は好感を抱《いだ》いた。

三時前にあなたの仕事は終わりだと美香に宣言されたが、一ヶ月未満とはいえサラリーマン生活を送ったことのある一弥は、こんなに早い時間で帰るのにためらいがあった。

暇《ひま》だし手伝えることはないかと聞いてみたら、英語はできるかと聞かれた。

頷《うなず》くと、だったらこれ訳せる？　と海外からの郵便物を渡《わた》された。

「しゃべるほうはなんとかなるんだけど、読むのはちょっとね。今まではダーリンに頼んで訳してもらってたのよ。やってもらえると助かるんだけど……」

どう？　と聞かれて、一弥は大丈夫《だいじょうぶ》だと頷いた。

中をざっと見てみたが、どうやら新しく造られる公共施設《こうきょうしせつ》のエントランスに、どんな手法のものでも構わないから正輝の壁画《へきが》を飾りたいという依頼《いらい》らしい。

「へえ、おっさん、壁画なんかも描《か》くんだ」

「よかった。本当に読めるみたいね」

「まあな、大学でも教授に頼まれて論文の翻訳《ほんやく》とかやってたし」

正輝の家のダイニングキッチンの大きなテーブルは、事務仕事用のデスクと兼用《けんよう》になっているようで、ふたりで向かい合って事務仕事を行う。

「こういう仕事受けたら、海外に長期滞在《たいざい》になるんじゃねぇの？」

「でしょうね。でも正輝は住み慣れた家を長期間離《はな》れるのをすっごく嫌がるの。だから、たぶんそれも断るんじゃないかな。——もしそうなったら、断りの手紙も書いてくれる？」

「了解《りょうかい》」

「ありがとう。近々、一弥用のノートパソコンも用意しとくから。……あら、意外に字が綺《き》麗《れい》」

軽く伸《の》び上がり、書き物をする一弥の手元を覗《のぞ》き込んだ美香が感心したように言う。

「意外に有能だし、正輝はいい拾い物したもんね」

「意外意外言うな！　ついでに、おっさんに拾われたわけじゃねぇよ」

「じゃ、どういう経緯《けいい》でここに？」

バーで酔《よ》いつぶれてお持ち帰りされたんだとはさすがにみっともなくて言えない。

(つーか、おっさん、美香サンにカミングアウトしてあんのかな？)

一緒《いっしょ》に育った兄妹みたいな関係なら性癖《せいへき》も知っていそうだが、万が一ということもある。

うっかりしゃべったことでふたりの信頼《しんらい》関係にヒビを入れたくはない。

言葉を濁《にご》していると工房《こうぼう》に繋《つな》がるドアが開き、スケッチブックを手にした正輝が入ってきた。

「お、カズちゃん帰ってたかー」

「ちょ、おっさん、やめろよ」

おかえりー、と嬉《うれ》しげな正輝に大きな手で髪《かみ》をくしゃくしゃにされて、一弥は慌《あわ》てて逃《に》げる。

「あたしも帰ってるんですけど？」

「はいはい、美香もお帰り」

「ただいま。ちゃんと仕事してた？」

美香が立ち上がり、正輝のために珈琲《コーヒー》を淹《い》れる。

「もちろん。これからはカズちゃんと毎日会えると思ったら、仕事も進む進む」

「毎日って……。ここ、休日は？」

「基本的に土日。正輝が休日とか関係なく仕事してるし、クライアントの都合で休日出勤はざらだけど、まあてきとーに代休取ってるわ」

てきとーにフレックスだしね、と美香は肩を竦めた。

「休みでも遊びにおいでよ」

なにやらひとりで言っている正輝をシカトして、一弥は「了解」と美香に向かって頷く。

とりあえずあと一日働けば、二日休めるわけだ。

昨夜《ゆうべ》から色々と状況《じょうきょう》が変わって、少々気疲《きづか》れしているだけに、少しほっとした。

「つれないなぁ」

一弥に相手にされなかった正輝はつまらなそうに椅子《いす》に座ると、スケッチブックを開く。

無言でスケッチブックに鉛筆《えんぴつ》を動かしはじめると、やがて真剣《しんけん》な表情になっていった。

（……やっぱり格好いいよな）

映画俳優のように印象的で魅力《みりょく》的なその顔立ちと表情に、うっかり見とれてしまう。

仕事中だったと軽く首を振って仕事に戻《もど》っても、美形で大柄《おおがら》な正輝は存在感ありまくりで、すぐ側《そば》にいられるとどうしても気が散る。

(画家ならわかりやすいのに)

造形作家と言われると、やっぱり微妙《びみょう》にわかりづらい。

(いやいや、おっさんに興味持ったところで意味ねぇし……)

また軽く首を振って、辞書片手に仕事に専念しようとしたとき、ふと美香が顔を上げた。

「あ、そうだ。一弥、スーツ持ってる?」

「持ってるよ。会社勤めしてたときのやつだけど」

「それでいいわ。明日一式持ってきてくれる? で、夕方から正輝の付き人をして欲しいの」

「そんなのも仕事のうちなのかよ」

「まあね。本当ならあたしが行く予定だったんだけど、明日はちょうど三年目の結婚記念日なのよ。代理で行ってもらえるとすっごく嬉しいんだけど。——どう?」

近々オープンする予定の某《ぼう》商業施設《しせつ》、その庭や休憩《きゅうけい》所などに置かれるベンチや中央広場に置かれるオブジェを正輝がデザインしたとかで、オープン記念パーティーに招待されているのだと美香は言った。

「そんなん、おっさんひとりで行かせりゃいいじゃねぇか」

「駄目《だめ》。正輝をひとりでやったりしたら、途中《とちゅう》でふらふらと寄り道しちゃって、会場まで辿《たど》り着かない危険があるし……。挨拶回《あいさつまわ》りとかは考えなくてもいいから、正輝を会場に引っ張って三十分ぐらい引き止めておいてよ」

「仕事だって言うんなら、まあ、いいけど……」

「ありがと。助かるわ。その分、ちゃんとお手当も出すからね」

ほっとしたように美香が言う。

と、同時に正輝がパタンとスケッチブックを閉じた。

「手当だけじゃなく、制服も支給しよう」

「制服？　ここ、そんなもんがあんの？」

一弥は、正輝ではなく美香に向かって質問した。

「ない。──正輝？」

「新卒が持ってるスーツなんて、どうせリクルート系の素っ気ないやつだろう？　そんなんじゃ俺がつまらない。せっかく一緒《いっしょ》に出歩くんだからオシャレしてもらわなきゃな」

「なに馬鹿《ばか》なこと言ってんだよ。付き人にオシャレもクソもねぇだろ」

その言い草に一弥は呆《あき》れたが、美香は「仕方ないか」と鷹揚《おうよう》に頷いた。

「ちょっ、美香サン？」

「ここで駄目って言ったらパーティーに出席してもらえなくなりそうだから」

諦《あきら》めて、とにっこり。

反論したが、認めてはもらえなかった。

(服とか買ってもらうのって、あんま好きじゃねぇんだけどな)

たまに遊び相手からプレゼントしてもらったりするが、いつもきっちりお返ししている。

だが、限りなく私的なプレゼントでも名目上は仕事で支給となると、お返しもしにくい。

下心ありありの相手から貰《もら》いっぱなしになるのがどうしても嫌《いや》だった一弥は、翌日、とりあえずスーツ持参で出勤してみた。

が、正輝からあっさり却下《きゃっか》される。

「駄目。そんな常識的なスーツじゃ、カズちゃんの綺麗な顔が引き立たない」

「いや、でもさ、買い物にいってる暇なんかあんのかよ?」

招待されているパーティーはともかくとして、例の絵を描《か》き直している最中の正輝には、そうそう外出する余裕《よゆう》はなさそうだ。

朝一番のメールチェックをしていた美香に聞いてみたら、「夕方から出掛《でか》けるんだし、日中は仕事して欲しいところだけど」と返事がきた。

「ほらな。俺が今から買いに行ったとしても、やっぱりこういう無難なスーツを選ぶぜ」

TPOをわきまえる常識ぐらい一弥だって持っている。

どうせ同じことだから諦めろと説得してみたら、正輝はなにやら得意気な顔で笑った。

「大丈夫《だいじょうぶ》、もう買ってあるから」

「はあ？」

「サイズ直しの都合もあるから昨夜のうちに買っといた。――ってわけで、これが引き取り証」

正輝は美香にカードらしきものを手渡《てわた》した。

「おっさん、俺のサイズって知ってたっけ？」

「全身くまなく触《さわ》らせてもらって、この手でしっかり計ったから、そりゃもうばっちり。今なら、カズちゃんの等身大の裸身像《らしん》だって作れる。――作ってもいい？」

首を傾《かし》げた一弥に、にっこりと微笑《ほほえ》んだ正輝が大きな手の平を開いてみせた。

「……っ」

そのとんでもない発言に、一弥は思わず絶句した。

妙《みょう》にじっくり触るなとは思っていたが、まさか計っていたとは思わなかった。

その手の特技のある人間だと知っていたら、あんなに簡単に触らせたりしなかったのに……。

（くそっ、しくじった）

あの手に、この身体《からだ》のサイズやラインがしっかり記憶《きおく》されている。

それを思うと、あの夜の手の平の感触《かんしょく》が肌《はだ》に甦《よみがえ》ってきて、妙に落ち着かない気分になる。

「一弥の裸身像なら高く売れるだろうから作ってもいいけど、注文の絵を描き終えた後にしてよね」

狼狽《うろた》えていた一弥の耳に、冷静な美香の声が飛び込んできた。

「売るなよ！――つーか、作んな！」

一弥は、美香と正輝を交互《こうご》に睨《にら》みつけた。

「いいじゃない。減るもんじゃないし」

「減る！」

こっちにだって、羞恥心《しゅうちしん》ってものがあるのだ。

「カズちゃん、心配しなくても大丈夫。彫像《ちょうぞう》とはいえ、カズちゃんの形をしたものを、俺が誰《だれ》かに譲《ゆず》るわけがないだろ」

「作るなっていってんだろ！」

「じゃあ、描くほうは？」

「駄目だ！」

「えー、ケチだなぁ」

「そういう問題じゃねぇだろ。俺はあんたのモデルになった覚えはないからな」

「それはそうだけど……。でもほら、大事な人の綺麗《きれい》な姿を記録しておきたい気持ちわかるだろ？」

「わかんねぇよ。つーか、さっさと忘れろ！」

しつこく食い下がってくる正輝を、一弥はギッと睨みつけた。

「さてっと」

ガタッと椅子《いす》が動く音がして、ノートパソコンを手にした美香が立ち上がった。

「おふたりさん、お熱いところ悪いけど、そろそろ出掛けたいのよね。——正輝、一弥貸してくれる？」

「夕方には返してくれよ」

「わかってる。服もちゃんと受け取ってくるから」

「ちょっ、美香サン！　俺はこのおっさんの所有物じゃねぇぞ！」

なにやら誤解されているとびっくりした一弥が慌《あわ》てて口を挟《はさ》んだが、「ああ、はいはい」とあっさり聞き流されてしまう。

その後も、外出先の車の中などで否定してみたが、効果は芳《かんば》しくない。

「全身触られまくった仲なんでしょ？　あたし、馬に蹴《け》られたくないし」

どうやら美香は、この手の話題に関してはあまり真剣《しんけん》に向かい合う気はないようだ。

（……くそっ）

午前中のうちに、一弥はどっと疲《つか》れてしまっていた。

夕方近くになってふたりで出先から戻《もど》ると、正輝が工房《こうぼう》から出てきた。

「お帰り。さっそく着替《きが》えよっか」

ブランド物の紙袋《かみぶくろ》を手にした一弥の腕《うで》を摑《つか》むと、嬉々《きき》として工房に引っ張って行く。

「ここで着替えるのかよ」

「既婚《きこん》者とはいえ、女性の前で着替えるのはまずいだろ？」

それとも俺の寝室《しんしつ》に行く？　と聞かれて、一弥は慌てて首を横に振《ふ》った。

（ま、仕方ねぇか……）

正輝の家は、工房としての機能に特化した造りになっていて、一階のダイニングキッチンと二階の正輝の寝室以外に部屋らしきものがないのだ。

（たぶん、三階も似たようなもんなんだろうな）

着替えるためだけに三階まで上がるのも面倒《めんどう》で、一弥は諦めて着替えることにした。

嬉《うれ》しそうにこっちを見ている正輝の視線が気になったが、ここで見るなと騒《さわ》ぐのもみっともない気がして我慢《がまん》する。

着ていた服をソファに脱《ぬ》ぎ散らかし、新しいスーツを手に取る。

正輝が買ってくれた服は、スレンダーでシンプルなマオカラーのスーツだった。

布の折り目でうっすらと縦のストライプの入った白のスーツは、肩幅《かたはば》に袖《そで》の長さ、身体にフィットした腰《こし》のあたりのラインも、まるで最初から一弥にあつらえたようにぴったりだ。

（おっそろしい特技だな）

なんだかうんざりしながら着替え終えた一弥は、正輝が用意しておいてくれた工房内にある鏡を見た。

「……なんか、制服みてぇだ」

あまりにシンプルすぎて、白い詰《つ》め襟《えり》のようだ。

「ここで、このスカーフを使うんだよ」

正輝は、一弥のスーツの胸元《むなもと》のボタンを外すと、一緒《いっしょ》に買ってあったシルバーのスカーフを、アスコットタイのように巻いた。

蘭《らん》の花を胸のポケットに飾《かざ》り、昨夜《ゆうべ》買ったというピカピカの革靴《かわぐつ》に履《は》きかえさせられた。

そして、ちょいちょいっと髪《かみ》にワックスをつけられ、はいできあがり、と鏡を見せられる。

(くそっ、似合うじゃねぇか)

胸元にスカーフを使っただけで、スーツの印象が洒落《しゃれ》た感じに一変していた。

濡《ぬ》れたように見えるワックスでウェーブを増した艶《つや》やかな黒い髪や蘭の花もそれに一役買っていて、なにやら上品系のホストのような仕上がりだ。

「カズちゃんはやっぱり綺麗だな」

うっとりと鏡越《ご》しに観賞され、その熱っぽい視線が気恥《きは》ずかしくなった一弥は目をそらした。

「おっさんは着替えねぇの?」

「着替えたよ。俺はこれにジャケット羽織るだけ」

「マジで?」

少し長めの髪を緩《ゆる》く後ろでくくり、Vネックの黒のインナーとスラックス、手にしたジャケットは光沢《こうたく》のないグレー。

どれもものはいいが、とてもじゃないがパーティーに行くような格好には見えない。

(付き人のほうが洒落た格好をしてるってのはまずいんじゃねぇか？)

と思ったのだが……。

「……げっ」

すっとジャケットを羽織った途端《とたん》、印象が一変した。

まったく飾り気のない姿なのに、やけに華《はな》やかに見える。

(元の素材がものをいうんだな)

彫《ほ》りの深い異国風の顔立ち、そして大きいだけじゃなく均整の取れた逞《たくま》しい身体。

シンプルな服装だからこそ、余計にそれらが引き立って見える。

芸術家だけに美的センスは一流だってことなのかもしれない。

感心しつつ、ダイニングキッチンで待っていた美香の許《もと》に行くと、大喜びされた。

「あー、いい。このスーツ、一弥に似合う。さすが正輝は趣味《しゅみ》がいいわね。肌を露出《ろしゅつ》するより、こうやってきっちり隠《かく》されたほうが妙《みょう》にいかがわしく感じるのはなんでかしら？」

「そりゃ、カズちゃんのこの甘い顔立ちのせいだ。服を剥《む》いた中身が美味《うま》そうだってのが、服越しに甘く匂《にお》ってくるんだよ」

ぐいっと正輝に腰を抱《だ》き寄せられ、くんと耳元の匂いを嗅《か》がれた。

「ちょっ……。――うぜえ」

不覚にも狼狽えて赤くなってしまった自分を恥《は》じながら、一弥は正輝の胸をぐいっと押しのけた。


パーティーは商業施設《しせつ》内にある大ホールで行われていた。

正輝が最初からちょっとだけ顔を出すつもりだったこともあって、ふたりが会場に到着《とうちゃく》したときには、もうすでにはじまっていて会場内は賑《にぎ》やかだ。

「挨拶《あいさつ》しなきゃいけねぇお偉《えら》いさんとかいねぇの？」

とりあえず付き人らしく招待状を受付に出してきた後、待っていた正輝に聞いてみた。

「いないよ。芸術家ってのは、お偉いさんに媚《こ》びないもんだから」

「なんで？」

「だってほら、ペコペコ頭を下げまくる人間の作品を高い金で買いたくはないだろ？」

「なるほど、一理あるな」

経済力とか地位とか、そういう枠組《わくぐ》みに組み込まれてしまったら商業ベースに乗ってしまう。芸術という目に見えない価値を、それなりに演出することも必要なのかもしれない。

なんてことを考えながら、ふたり並んで会場内に足を踏《ふ》み入れた。

その瞬間《しゅんかん》、ざわっと周囲がざわめく気配がした。

なんだ？　と周囲を見回すと、人々の視線が一弥の隣《となり》にいる正輝に注がれていた。

(有名人……っていうんじゃなく、こりゃ、単に目立つんだな)

見上げるほどの高身長に、赤毛で異国風の顔立ちときたら見てくれと言わんばかりだ。

しかも、ただ異国風なだけじゃなく、ハリウッド俳優ばりの人間的魅力《みりょく》に満ちあふれた美形なのだから、ちらっと見ただけで済まないのも当然。

ついつい見とれてしまって、視線が外せなくなっているのだろう。

これなら、こっちから挨拶に出向かなくとも、用のある相手が勝手に見つけて近づいてきてくれそうだ。

「おっさん、なんか飲む？」

「お？　サービスしてくれるんだ」

嬉しそうな正輝に「仕事だからな」と答えると、ちょっと悲しげな顔をされた。

(なんだよ)

破損した絵の代金を払《はら》うために自分の許《もと》でバイトしろと言い出したのは、正輝のほうだ。

そんな顔をされる謂《い》われはないはずだ。

むっとしつつ、それでもとりあえず近づいてきたウエイターからシャンパングラスを受け取り、正輝に手渡《てわた》した。

「カズちゃんは飲まないのか？」

「おっさんが飲んでもいいって言うなら飲むけど」

「じゃあ、乾杯《かんぱい》しよう」

正輝はひょいっと長い手を伸《の》ばして、通り過ぎようとしていたウエイターの持つトレイから
もうひとつシャンパングラスを取り、一弥に手渡した。

「乾杯」

嬉しげに微笑《ほほえ》んだ正輝が、さまになる仕草でグラスを掲《かか》げた。

四方八方から突《つ》き刺《さ》さる周囲の視線を気にしつつ、一弥もそれに合わせてグラスを掲げる。

（くそっ、格好いいなぁ）

美形ではあるものの自分より大きな男なんて趣味じゃないと言い張っていたが、ふと見せる仕草から目が離《はな》せない。

というか、強引《ごういん》に視線を引き寄せられてしまう。

見とれてしまっていることがばれたら厄介《やっかい》なことになりそうだから、なるべく顔には出さないようにしてるが、それもいつまでもつか……。

少し不安になっていると、周囲の人混《ひとご》みからこちらに向かってパラパラと歩み寄ってくる人達が現れた。

「小金井先生、いらしてくださったんですか」

お久しぶりです、と正輝に差し出された名刺《めいし》を脇《わき》から覗《のぞ》き込むと、この商業施設を企画《きかく》した不動産会社の重役のものだった。

「社長もすぐにご挨拶に参りますので……」

「どうも。俺のデザインした作品群は気に入ってもらえてますか？」

「もちろんですとも。どれも、小金井先生ご自身と同じように、人の目を引く魅力的な作品ばかりですからね」

はっはっはと笑う重役の周囲には、正輝への挨拶の順番を待つ人の列ができている。

（……こりゃ、俺はいらねぇな）

この手の場面に遭遇《そうぐう》したことがないから、こういうときどう対処するのがスマートなのかが微妙《びみょう》にわからない。

間に合わせの付き人が下手《へた》にでしゃばって交通整理するよりも、正輝本人に対応させたほうがよさそうだ。

美香からは、三十分程度正輝を会場に引き止めておくようにとしか言われてない。

特に一弥がなにをしなくても、挨拶の順番待ちをしている人達に対応しただけで、充分《じゆうぶん》三十分は持つだろう。

シャンパングラスを手に、一弥はそっと正輝の側《そば》から離れた。

壁際《かべぎわ》まで下がってから振《ふ》り向いて見ると、身長の高い正輝は周囲から完全に頭ひとつ突出《とっしゅつ》していた。

多くの人達に囲まれ、挨拶に応じるその堂々たる姿は、まるで王さまのようだ。

（あんな人が、俺なんかに本気で惚《ほ》れたりするもんかな）

口説かれたのはあの朝一度きりで、その後はちょくちょく構われる程度だ。

あの朝の言葉は、ピロートークの一種だと割り切っておいたほうがいいのかもしれない。

つき合いの長い美香も、正輝は気紛《きまぐ》れだと言っていた。

その目立つ華やかな姿に見とれてしまうのは仕方ないとしても、気持ち的にはこれ以上近づかないようにしたほうがいい。

（痛い目を見るのは、一度で充分だしな）

くいっとシャンパンを飲み干し、通りかかったウエイターから新しいグラスを受け取った。

壁《かべ》にもたれ、ぼけっと遠目に正輝を眺《なが》めながらシャンパンを飲んでいたのだが、しばらくして一弥にも歩み寄ってくる人が現れた。

「こんなところでなにをしている」

声をかけられ、はじめてその存在に気づいた一弥は、思わず絶句して相手の顔を見る。

そこにいるのは、南国系の濃く甘い顔立ちをした中年男性。

自分の息子がゲイだという事実をどうしても受け入れることができず、一弥に絶縁を宣言した父親だった。

一瞬の驚きから気を取り直した一弥は、軽く肩を竦めた。

「あんたこそ、こんなところでなにしてんだよ」

「仕事だ。この商業施設には、我が社のショールームが入ってるんだ。——質問に答えろ」

「俺も仕事中」

「嘘《うそ》をつくな。会社はクビになったと聞いたぞ」

「あ？」

「社内で女性上司相手にみっともない真似《まね》をやらかしたそうだな。おまえは、どれだけ親の顔に泥《どろ》を塗《ぬ》れば気が済むんだ」

恥《はじ》さらしめ、と罵《ののし》られ、一弥はあまりの馬鹿《ばか》馬鹿しさに目を伏《ふ》せ、溜《た》め息をついた。

「あんた、もうボケたのか？」

「なんだと？」

「俺がなんで家を追い出されたのかを忘れたのかよ。女になんか手ぇ出すわけがねぇだろ」

一弥がそう言うと、父親は一瞬はっと息を呑《の》んだようだった。

「そうだったな。……だが、だとしたらなぜ、そんな薄汚《うすぎたな》い濡《ぬ》れ衣《ぎぬ》を着せられるような羽目になったんだ。おまえ自身にも原因があるんじゃないのか？」

「原因ねぇ」

原因があるとすれば、女性上司に興味を持たれてしまったこの顔だ。

この顔を一弥に与《あた》えたのは、目の前にいるこの男なのだが……。

なんだか皮肉な気分になった一弥は、父親の顔を見るべくもう一度視線を上げた。

と、父親の頭の上から、心配そうな顔の正輝がこっちを覗き込んでいるのが見える。

「おっさん、なにやってんだ？」

「いや、カズちゃんがなんかしょんぼりしてるように見えたから、慌《あわ》てて駆《か》けつけてみたんだけど……。――知り合い？」

歩み寄ってきた正輝が一弥を庇《かば》うように肩に手を置き、目の前に立つ父親の顔を見た。

その途端《とたん》、「うおっ！」とびっくりしたように軽くのけぞる。

「そっくり！　クローン？」

「んなわけあるか。親父《おやじ》だよ」

「ああ、そう。……いや〜、よく似てるなぁ」

感心したように、もう一度まじまじと父親の顔を見てから、「どうも」とにこやかに挨拶しかける正輝を、「こんな奴に挨拶なんかすることねぇよ」と一弥は止めた。

「こいつとはとっくに絶縁してんだ」

「それはまた大袈裟な。親子喧嘩の真っ最中とか？」

「そんなんじゃねぇ。ゲイの息子《むすこ》はいらねぇって切り捨てられただけだ」

一弥の言葉を聞いた正輝の顔から、すうっと笑みが消える。

「自分から息子と縁を切るなんて随分と薄情《はくじょう》な父親だな。……で、カズちゃんになんの用？」

見上げるほどの大男に冷ややかな視線を向けられ、父親は軽く狼狽えたようだった。

「た、他人には関係のない話だ。そちらこそ、息子とはどういう関係なんだ？」

「一応、今のところは雇用《こよう》主かな」

「なるほど、そういうことか……」

どうやら父親は、芸術家としての正輝の顔を知らなかったようだ。

親しげに肩に手を置くその姿に、なにやら感じるものがあったらしい。

「一流企業《きぎょう》を辞《や》めて、そっちの道に進んだのか……。呆《あき》れたものだ」

そっちの道って？　と正輝は不思議そうな顔をしていたが、一弥には父親の言いたいことがよく理解できた。

(こりゃ、ゲイ関係のお相手だと思ってるな)

それも金銭援助《えんじょ》絡《が》みの……。

息子相手に、よくもそういう誤解ができるものだと一弥もまた呆れていた。

「もういい。うちの子の将来のためにも、おまえのような恥さらしとは今すぐ完全に縁を切らせてもらう。おまえがいま住んでいるマンションは家《うち》の物件だ。もはや関係のない人間に住まわせておく気はない。一週間以内に出て行ってくれ」

「うちの子って?」

「俺の弟の真一《しんいち》。異母兄弟なんだ」

「弟なのに、真一?」

真二《しんじ》じゃなく?　と正輝が奇妙《きみょう》な顔をしている。

「真実の一番目って意味なんじゃねぇの」

それは、義母が弟につけた名前だった。

「もういいのはこっちのほうだ。安心しろ、すぐに出てってやるよ」

遅《おそ》かれ早かれ、いま暮らしているマンションからは出て行くことは決まっていた。

大学卒業後は三年間だけ猶予《ゆうよ》をやると言われていたから、惰性《だせい》で住み続けていただけだ。

わざわざ誤解を解いて、期間を引き延ばす必要もない。

(この人にとって、俺が「うちの子」だったことってあったのかな)

あったとしても、それはずっと昔で、ごく短期間だっただろう。

なんだか酷《ひど》くザラザラした気分になった。

眉間に皺を寄せた一弥が、不快な気分を少しでも吐き出したくて深く息を吐いていると、ぎゅっと強く肩を抱き寄せられた。

驚いて見上げた正輝の顔には露骨な怒りの表情が浮かび、一弥の父親を睨みつけている。

「……おっさん?」

一弥が呼びかけると、正輝はふっと表情を和らげてこっちを見た。

「うちの子になっちゃうか？」

「は？」

「決まりだ。今日からカズちゃんはうちの子な。——こんな不愉快《ふゆかい》な奴《やつ》なんかほっといて、もう家に帰ろう」

正輝は一弥と強引《ごういん》に手を繋《つな》ぐと、ぐいっと引っ張って歩き出した。

出口に向かって大股《おおまた》で歩く正輝の姿を認めた挨拶《あいさつ》待ちをしていた人々が、慌てて呼び止めようとしたが正輝の足は止まらない。

「気分が悪くなったから、今日はもう帰らせてもらう」

引き止める人々にそう吐き捨てるように言うと、そのまま会場の外へ出てしまった。

「ちょっ、ちょっとおっさん。帰るって、パーティーまだ途中《とちゅう》だろ？　いいのか？」

「三十分は滞在《たいざい》しろっていう美香の言いつけは守ったから平気だ」

「いや、それでもさ。男同士で手を繋いで会場を出るだなんて、ちょっと悪目立ちしすぎじゃねぇ？　戻《もど》って、なにか言い訳とかしたほうがいいんじゃねぇの」

「それも大丈夫《だいじょうぶ》。ゲイだってことは隠《かく》してない。カズちゃんも平気なんだろ？」

「そうだけどさ……」

（本当に大丈夫なのか？）

引き止めようとしていた人達の慌てた表情が妙《みょう》に気にかかったが、正輝が平気だと言う以上、もはや一弥にはどうしようもなかった。

「どうする？　どっかで飲み直すか？」

オープン前の施設《しせつ》から外に出たところで、正輝に聞かれた。

「帰るんだろ？　家で飲み直そうぜ」

「え？　ああ、そうだったな。——帰るか、家に」

正輝がふっと目を細める。

ぎゅっと強く握《にぎ》り返された手が、なんだかとても心強かった。


正輝の家に帰り、本当にふたりで飲み直した。

ダイニングキッチンのテーブルではす向かいに座り、正輝が出してくれたとっておきだというウイスキーをロックでくいっと呷《あお》る。

鼻に抜《ぬ》けるちょっと独特なウッディーな香《かお》りがたまらない。

確かにこれはとっておきだとわかる芳醇《ほうじゅん》な香りだった。

値段が気になったが、聞いてしまったら楽しく飲めなくなりそうなので、あえて聞かないことにする。

「もっとくれ」

ぐいっとグラスを差し出すと、正輝が嬉々《きき》としてお代わりを注《つ》いでくれた。

ちょっと飲むペースが速すぎて、このままだとこの間の夜の二の舞《まい》になりそうな予感がしたが、ペースを落とす気になれなかった。

正輝相手に警戒《けいかい》するだなんて野暮《やぼ》な真似もしたくない。

(……きっと、もう酔《よ》ってるんだな)

これ以上近づかないようにしようと思っていたはずなのに、すっかり正輝に気を許している自分を自覚して一弥はひとり笑った。

それに目敏《めざと》く気づいた正輝が聞いてくる。

「なにか面白《おもしろ》いことでもあった？」

「ん？　いや、おっさんがうちの子になれって言ったとき、親父はどんな顔してたかなって思ってさ」

誤魔化《ごまか》すために適当に口にしただけだが、実際に想像してしまったら苦い笑《え》みが浮《う》かんだ。

「きっと変な風に誤解して、嫌《いや》そうな顔してたはずだ。……おっさんにも、嫌なもめ事見せて悪かったな」

ゲイだってだけで見下されるのには慣れていたが、その視線が他《ほか》の人にまで向かうのを見るのは正直嫌な気分だった。

「あんな偏見《へんけん》むき出しで生きてたら、いつか痛い目見たりして」

ゲイがマイノリティーだからといって、誰《だれ》もがみな大人しく隠れて生きているわけじゃない。

社会的地位のある人だっているだろう。

そういう人に会ったとき、あの父親はいったいどんな態度を見せるのだろうか？

（口先だけでおべっかつかったりすんのかね）

保身のためにそうしたところで、本心は透《す》けて見えるものだ。

偏見のせいで足をすくわれる日だってくるかもしれない。

（そうなったら、ざまあみろだ）

そんなことを考えて歪《ゆが》めた口元に、ふと正輝の指先が触《ふ》れた。

「……な、なんだよ」

「ん？　カズちゃん、悪い顔をしてたから……。せっかく綺麗《きれい》な顔してるんだから、表情筋に変な癖《くせ》をつけないようにしたほうがいいよ」

「変な癖？」

「そう。カズちゃんの親父《おやじ》さん、口元がちょっと左側に歪んでただろう？　皮肉気な表情も悪くないけど、カズちゃんがああなるのはちょっと悲しいな」

「左側？　ああ、そうだったかも……」

父親が片頬《ほお》だけをひきつらせるようにして笑う顔を、子供の頃《ころ》によく見た。

一弥が母親の死について言及《げんきゅう》したり再婚《さいこん》に反対したとき、口先だけで適当にはぐらかしながら、よくそんな表情をしていたものだ。

「男の場合、生き方が顔に出るんだ」

「そういうもんかね」

持って生まれた顔は仕方ないとしても、表情の癖まで父親には似たくない。

気をつけようと一弥が思っていると、「聞いちゃってもいいかな？」と正輝が遠慮がちに声をかけてきた。

「親父さんとは、具体的にいつ頃絶縁したんだ？」

「いつって……。大学に入学してからは顔合わせてなかったけど、一応学費だけは払ってもらってたから、大学卒業を機にってことになんのかな。——でもまあ、初体験を失敗した中学生の頃から、すでに気持ちは切れてたけどさ」

初恋相手の大学生と初体験を迎えようとしていたあの日、普段近寄りもしない一弥の部屋に義母がわざわざ訪れたのは、間違いなく故意だった。彼女は、自分の産んだ息子を跡継ぎにするために、一弥を家から追い出す機会を狙っていたのだ。

その証拠に、義母はわざと大騒ぎして親戚一同にまでこの話を広めてくれた。

父親の再婚に最後まで反対していた一弥は、親族の中で腫れ物扱いされていて、父親からも煙たがられていた。

当然、誰にも庇ってはもらえなかったし、それどころか、父親からは人とは異なった性癖の人間を跡継ぎにするわけにはいかない、その変な癖を早く直せと頭ごなしに叱られた。

二十歳までに直せなかったら家を出て行けとも……。

それで一弥は、そのときに全部諦めたのだ。

「性癖なんて直せるようなもんじゃねぇしさ。自分に嘘ついてまで家にしがみつくつもりもなかったから、けっきょく自分から家は出たんだ」

大学進学と共にひとり暮らしをはじめ、卒業と同時に経済的な援助も絶えた。

いま住んでいるマンションを出れば、これで実家との繋がりは完全に絶える。

「これで全部スッキリだ。もっと早くあそこを出てればよかったな」

一弥が軽く肩を竦めると、正輝は少し悲しそうに微笑みながら一弥の頭を軽く撫でた。

「そうか。……ひとりでずっと辛かったな」

「ガキ扱いすんな」

よしよしと子供扱いされて撫でられることに一弥は軽くむっとしたが、大きな手の感触が心地好くてどうしてもその手を振り払えない。

「これから先は俺がずっと一緒だから……」

「……これから先ねぇ」

（ったく、気軽に言ってくれちゃって……）

本気でこれから先を期待してみたくなってしまうのは、やっぱり酔っているせいだろう。

いっそもっと酔ってみようかと、一弥は手にしていたグラスを、ぐっと呷った。

「いい飲みっぷり。だけど、次はもうちょっとゆっくり飲んだほうがいい」

空になったグラスを差し出した一弥に忠告しながら、正輝が酒を注ぎ足す。

「とっておきの酒がもったいないって？」

「いーや。カズちゃんの身体《からだ》を心配してるんだよ。……っと、ごめん」

グラスからボトルを離《はな》す際、一弥の指先にウイスキーの雫《しずく》が零《こぼ》れた。

正輝はグラスを持った一弥の手首を摑《つか》むと、ごく自然な仕草でその指を舐《な》める。

「……っ」

その瞬間《しゅんかん》、ざわっと脇腹《わきばら》がひきつる。

「うん、美味《うま》い。カズちゃん風味だ」

正輝はあっさり手を離して、微笑《ほほえ》んだ。

「……気色悪いこと言うな」

あのまま引き寄せられてキスされたら、きっと自分は拒《こば》まなかった。

というか、むしろ、そうしたいような気がする。

(いつもだったら、自分から誘《さそ》うんだけどな)

やりたい気分だからつき合え、と遊び相手達にならら簡単に言える。

でも、正輝相手だとこれがなんだかためらわれてしまう。

(けっきょく、一回やったぐらいじゃ、あの拘《こだわ》りからは抜け出せないってことか……)

嫌な記憶《きおく》をそのまま放置して繰《く》り返し思い出すより、いい記憶で塗《ぬ》り替《か》えてしまったほうがいい。

あの夜、正輝はそんなことを言っていたが、どうやら塗り替え作戦は失敗だったようだ。

抱《だ》くのはいいが、抱かれるのは嫌。

身体と一緒に心まで委《ゆだ》ねるような感じがするから。

委ねた挙げ句、裏切られるのが怖《こわ》いから……。

そんな拘りから一弥はまだ抜け出せていないようだ。

(やっぱ期待しちゃってんのか……)

正輝が言うこれから先を心のどこかで期待しているからこそ、裏切られるのが怖くなって自分から誘うのをためらってしまうのかもしれない。

(馬鹿らし……。もっと飲もう)

もっと酔ってしまえば、ぐずぐずと過去の傷に拘る心もアルコールで麻痺《まひ》して、衝動に駆られるまま素直に行動できるようになるかも……。

一弥は思いっきりぐいっとウイスキーを呷った。

4

目が覚めてすぐ視界に飛び込んできたのは、なにもないがらんと広い部屋だった。

びっくりして飛び起きて、部屋をぐるっと見回してみる。

「ああ、そっか……。ここ、おっさん家《ち》の三階だ」

部屋の床《ゆか》や壁《かべ》の感じ、広さやドアの位置が正輝の部屋と似通っている。

どうやら一弥は、この部屋の中のただひとつの家具であるベッドにひとりで寝《ね》かされていたようだった。

（……あー、昨夜《ゆうべ》はどうなったんだっけ？）

ガンガンウイスキーを飲みまくったのは覚えているが、途中《とちゅう》でスコンと記憶が抜けている。

ただひとつ確かなのは、昨夜は正輝との間になにもなかったってことだ。

その証拠《しょうこ》に、アルコールの残滓《ざんし》で軽く眩暈《めまい》がする以外、身体にはなんの変化もない。

ベッドには下着姿で寝ていたというのにだ。

（ったく、手ぇぐらい出せっての）

昨夜の自分は完全に据《す》え膳《ぜん》状態だったはずなのに、それでも手を出さないってことは……。

（もしかして俺……魅力《みりよく》ねぇのか？）

一度抱いてしっかり記憶してしまったから、もう抱く気が起きないとか？

などとなにやら意気消沈《いきしようちん》しかけたが、一弥は慌《あわ》てて気持ちを立て直した。

「手を出されなかったからって、なんで俺が落ち込まなきゃなんねぇんだよ。ったく」

ぺたっと裸足《はだし》で床に降り立ったそのすぐ側《そば》に、昨日スーツに着替《きが》える前に着ていた服が置いてあった。その服を着てドアを開けると、やはり二階と同じようにだだっ広《ぴろ》い空間に出る。

だがここは、完全になにもないがらんとした空き部屋で、なんだか放課後の体育館を連想させられた。

「ここはまだ、工房《こうぼう》としては使ってねぇのか」

二階のあのごちゃごちゃした空間が手狭《てぜま》になってきたら、こっちも使うようになるのかもしれない。

階段を降りて一階の工房へ行ったが、正輝の姿はない。

ダイニングキッチンのドアを開けると、嬉《うれ》しそうな顔で出迎《でむか》えてくれた。

「カズちゃん、おはよう」

さあさあ座って、と超《ちよう》ご機嫌《きげん》な様子で椅子《いす》を引き、いそいそと朝食を出してくれる。

（この構いっぷりからして、興味をなくしたってことはねぇみたいだよな）

なのになぜ、手を出されなかったんだろう？

うーんと考え込みながら、出されるまま朝食を食べていると、「引っ越《こ》し業者は美香に頼《たの》んで手配してもらったから」と正輝が突然《とつぜん》言った。

「おっさん、どっか引っ越すのか？」

「なに言ってるんだ？　引っ越すのはカズちゃんだろう」

「俺？」

「そうだよ。昨夜、あの三階の部屋に引っ越すことを承知してくれたじゃないか」

「マジで？」

「うん。いま住んでいるところを出なきゃいけないなら家においでって俺が誘ったら、大喜びで頷《うなず》いてくれたよ」

「……大喜び」

（げーっ。いや……確かに、そりゃ嫌《いや》じゃねぇけど……）

うちの子になっちゃいなと言われて、けっこうというか、かなり嬉しかった。

母親の自殺以来、一弥はあの家にとっての厄介者《やっかいもの》でしかなかったから、無条件で受け入れてくれる家の存在にはちょっとばかり憧《あこが》れに似た感情があったのだ。

（だからって、ホントにこの家の子になるってのはまずいんじゃねぇのか）

そもそも、正輝と自分のスタンスがはっきりしない。

ただの雇用《こよう》関係というわけじゃなく、はっきり遊び相手とも認定《にんてい》していない。

中途半端《ちゅうとはんぱ》に口説かれたが恋人《こいびと》じゃないし、友達ってわけでもない。

「明日の朝一で引っ越し業者が行くから、今日中に可能な限り準備しておくんだよ」

ほら、早く食べてと急《せ》かされ、食べ終わったら、早く準備にかからないとと、話をする間もなく追い出された。

マンションに帰ると、ドアの前に引っ越し業者が置いていったらしき梱包《こんぽう》資材があった。

（あのおっさん、なんだかんだ言ってけっこう押しが強いよな）

基本のんびりと優《やさ》しげな態度だが、案外強引《ごういん》で我が儘《まま》で、最後には自分の望むように周りを動かしている。

この引っ越しだって、一弥が泥酔《でいすい》状態で判断能力がないとわかっているときに承知させたのだから、これだって確信犯だ。

「……でも、ま、いっか」

どうせ引っ越ししなきゃいけないのだから、この流れに乗るのも悪くない。

正輝と暮らしてみてうまく行かなかったら、また違《ちが》う場所に引っ越せばいいだけの話だ。

そうと決まれば、さっそく引っ越し準備にかかろうと、一弥は少し浮《う》き浮きした気分で荷造りに取りかかった。

「案外、荷物少ないんだな」

翌日、引っ越し業者の車で正輝の家に戻《もど》ると、正輝は一弥の荷物の量の少なさに驚《おどろ》いたようだった。

「まあな。もともと、あんまものを持ってねぇし」

いつかは出て行かなきゃいけない部屋だと思うと、自分のものを増やす気にはなれなかった。

家財道具などは、もともと父親が購入《こうにゅう》したものだから、すべて置いてきた。

持ってきたのは、お気に入りの服やアクセサリー、写真集の類《たぐい》と細々とした書類関係、そして母親の写真が入った写真立てだけ。

お昼近くに正輝の家に到着《とうちゃく》し、正輝が作った引っ越し蕎麦《そば》を食べた後で、三階のあの部屋のウォークインクローゼットにそれらの荷物を整理しながら全部しまう。

作業をすべて終えて梱包資材を片づけると、部屋の中にあるのは窓辺に置かれた写真立てとベッドがひとつだけという実に殺風景な状況《じょうきょう》になった。

「そっけねぇ部屋。……ライトとかタペストリーとかラグとか、少しあってもいいかもな」

滅多《めった》に来ない宿泊客《しゅくはく》のためにぽつんとベッドだけが置いてあったこの部屋は、この先、万が一にも正輝が弟子《でし》を取るようなことがあった場合に使う予定の部屋だったらしい。

正輝の部屋と同じ造りになっていて、バスとトイレが隣接《りんせつ》してあるからかなり便利だ。

「っと、テレビと冷蔵庫も必要か」

水やビールを飲むのに、わざわざ一階まで降りるのも面倒臭《めんどうくさ》い。

とりあえずいま現在の喉《のど》の渇《かわ》きを癒《いや》すため、一弥は一階に降りて行った。

「片づけは終わった？」

巨大《きよだい》なパネルの前で仕事中だった正輝が、手を止めて一弥を見る。

「ん。珈琲《コーヒー》もらう」

「じゃあ、もうちょっとしたら休憩《きゆうけい》するから俺の分も頼む」

「了解《りようかい》」

珈琲メーカーで多めに珈琲を淹《い》れて、とりあえず先に飲んでいると、しばらくして正輝がやってきた。

「はい、引越《ひつこし》祝い」

唐突《とうとつ》に、ポンとぬいぐるみを渡《わた》されて一弥は目が点になった。

「これが？」

渡されたのは、手足がしっかりした赤毛のテディベアだ。

「ちゃんとシリアルナンバー入りだから、大事にしてやってくれ」

(大事にしろって言われても……)

ぬいぐるみなんて、幼稚園《ようちえん》時代に持ったきり。

コレクターじゃないから欲しいと思ったことはないし、そもそも成人男子にプレゼントするようなものではないような気がする。

「……なんで？」

「似合うから」

「んなこと、はじめて言われた」

下心つきの高価なプレゼントは普段から受け取らない主義なのだが、これはそういうのとは違う感じがしてどうにも突っ返せない。

（ただのぬいぐるみだしなぁ……。――もしかして、なんかのメッセージなのか？）

精神年齢的にまだぬいぐるみが似合うお子様だと暗喩しているのでは？　と正輝の表情を窺《うかが》ってみたが、その手の皮肉気な様子はまったく見受けられない。

ここでもう一度子供時代をやりなおせって言っているわけではないだろうし……。

まるで、答えの傾向がさっぱり見えない宿題を手渡されたような気分だ。

困惑した一弥は、テディベアの腹のあたりを片手でわしっと摑《つか》んでじっくり眺《なが》めた。

「違う違う。もっと優しく扱《あつか》ってくれよ」

「優しく？」

「そう、こんな風に？」

正輝は、一弥の手からひょいっとテディベアを取り上げると、きゅっと胸に抱《だ》く。

「ぶふっ。おっさんのほうが似合うんじゃねぇか」

最初に会った日のように、もさっとした髭《ひげ》がある状態だったら、まるで親子熊《ぐま》だ。

ひとりでウケて笑っていると、「はい」とテディベアを胸に押し当てられる。

「……こうか？」

「そうそう。そんな感じ」

真似《まね》をしてきゅっと胸に抱くと、正輝は満足げに目元を細めた。

(この目がくせ者なんだよな)

はじめて会った日、この優しげな目についつい流された。

穏《おだ》やかそうな風情《ふぜい》に隠《かく》された押しの強さに、なんだかんだで流され続け、気がついたら同居までしている。

出会ってから、まだ一週間も経《た》っていないというのにだ。

(いったい、なに考えてんだろ？)

とりあえず、この状況は正輝の思うつぼなのだろうが、その目的が微妙《びみょう》にわからない。

直接的に口説いてきたり、セクハラしてくるならわかりやすいのだが、それもないし……。

(今晩あたりから、手を出してくるのかもな)

——と、思っていたのだが。

(……出してこねぇし)

翌朝、一弥は三階の部屋でひとりで目覚めた。

昨日はあの後、いつ誘《さそ》ってくるんだろうかと落ち着かない気分で過ごしたのだが、夕食後、正輝は仕事するからと言って一階の工房《こうぼう》に行ったきり。

もう寝《ね》ると声をかけて三階へ上がりベッドに入った後、一度だけ部屋のドアをノックされたのだが、忘れ物だとテディベアを手渡《てわた》すとすぐにまた一階の工房に戻って行ってしまった。

その夜、けっきょく一弥はテディベアと健全に添《そ》い寝したのだ。

どうなってるんだと首を捻《ひね》りつつ、顔を洗って着替《きが》えてから、なんとなくテディベアを持って一階に降りた。

「おはよう。よく眠《ねむ》れたか？」

朝食の支度《したく》をしていた正輝は、一弥を見て目を細めた。

「まあ、ぼちぼち。……おっさんは、いつまで仕事してたんだ？」

「二時すぎには寝たよ」

「ふうん」

(それぐらいなら、俺もまだ起きてたのに……)

思わず、むすっとしかけて、ふと我に返る。

(ここは怒《おこ》るところじゃねぇだろうが)

遊び相手でも恋人《こいびと》でもないのだから……。

なんだかやけにもやもやして、複雑な気分だ。

「朝飯の支度、俺も手伝おっか？」

「いや、いいよ。俺にとって料理は、仕事の合間の息抜《いきぬ》きみたいなものだし」

座っててくれと言われて、仕方なく椅子《いす》に座る。

（なんかこう、微妙なんだよなぁ）

押されるままにあっさり引っ越《こ》して来てしまったが、よくよく考えてみると家賃の話さえまだしていなかった。

家政婦などはいないようなのに、家事の分担についても話し合ってない。

上げ膳据《ぜんす》え膳状態は、微妙に居心地《いごこち》が悪い。

最初に泊《と》まった日の朝に当然のような顔で朝食をガツガツ食えていたのは、前夜にああいうことがあったからで……。

「さて、できた。食べようか」

今日の朝食は味噌汁《みそしる》に焼き鮭《ざけ》と和風で、文句なく美味《おい》しかった。

だが一弥は、なんだか胸のあたりがつかえるような感じがして、思ったように食べることができなかった。


食後の珈琲を飲んでいると、美香が出勤してきた。

「おはよう。——あら可愛《かわい》い」

一弥がテーブルの上に置いたテディベアを見て、美香が微笑《ほほえ》む。

「おっさんに貰《もら》った。引越祝いなんだってよ」

「そう。似合うじゃない」

「そうかぁ？」

「ええ、あなたぐらいの歳の男がぬいぐるみを持ってるのって、卑猥《ひわい》な感じがして楽しいし」

（卑猥？）

思わずテディベアを手に取りじっくり眺めてみたが、平和そうなその顔からエロごとはどうしても連想できない。

「正輝、いつまでも一弥の顔眺めてないで、さっさと仕事場に行きなさい」

「わかったよ。——カズちゃん、じゃ、また後で」

そうこうしている間に、正輝が美香に追い出される。

「さて、と……。——一弥、ちょっと話を聞かせてもらいましょうか」

居住まいを正した美香に、キッとキツィ視線を向けられて一弥も慌《あわ》てて背筋を伸《の》ばした。

「なんだよ、急に……」

「ちょっと身上調査をさせてもらおうかと思って。正輝が気に入ってるから黙《だま》って雇《やと》ったけど、同居までするとなったら素性《すじょう》を知らないままってわけにはいかないじゃない？」

改めてそう言われて、一弥はそりゃそうだと納得《なっとく》した。

「そういや、俺、履歴《りれき》書も出してねぇんだもんな」

「そうなのよ。さて、出身地に出身校、職歴も教えてちょうだい」

キリキリ白状しなさいと言われて、開き直った一弥は経歴を全部白状した。

もちろん、前の会社の退職理由もだ。

「女性上司をレイプ未遂《みすい》でクビ？　あなた、ゲイなんだから、それって濡《ぬ》れ衣《ぎぬ》なんでしょう？

なんで会社ではっきりカミングアウトしなかったのよ」

ばっかねーっと思いっきり呆《あき》れられて、いっそすっきりだ。

「美香サンは、親父《おやじ》と違《ちが》って、俺が無実だって信じてくれるんだな」

「お父さんは信じてくれなかったの？　あ、もしかして、それで家を追い出されたとか？」

「一昨日《おととい》まで住んでたところを追い出されたのは確かにそのせいだな。でも、それ以前に、この性癖《せいへき》のせいで縁《えん》を切られてたから」

「ゲイだからって親子の縁を切っちゃったの？　言っちゃなんだけど、あなたの親、最低」

怒った口調ながらも、美香の顔は悲しげだった。

「あたし施設育ちだからさ、ずっと普通《ふつう》の家庭に憧《あこが》れもってたのよね。なのに大人になったら、その手の嫌《いや》な話を聞いてばっかり。なんかすっごく悲しくなる。……ま、その分、このあたしがダーリンと共に温かい家庭を作ってやるんだけどね！」

誰《だれ》にともなく宣言する美香に、一弥はつい「よし、頑張《がんば》れー」と応援《おうえん》してしまった。

「大丈夫《だいじょうぶ》、世の中にはまともな親子もいるしさ」

そう言いながら一番に思い出すのは、友達の直己の家族関係だ。

愛情の深さ故《ゆえ》に超《ちょう》口うるさい母親から、年に一度の人間ドックを義務づけられているんだと言って苦笑《くしょう》していた直己。

父と共に家業を盛り立てているふたりの兄とも仲がよく、頻繁《ひんぱん》に連絡《れんらく》を取り合っては近況《きんきょう》を報告し合っているようだ。

そんな話を聞く度《たび》、離《はな》れて暮らしても、家族との心の距離《きょり》はいつも近いんだと感心していた。

そういう家族に恵《めぐ》まれたからこそ、きっと直己は真面目《まじめ》でまっすぐで、ほっと安心できるあの雰囲気《ふんいき》を身に纏《まと》っているのだろう。

家族との心の絆《きずな》が途絶《とだ》えてしまっている自分とは、最初から違うのだと……。

(でも、違うのかもな)

一弥の励《はげ》ましの言葉に、「まかせて」と華奢《きゃしゃ》な拳《こぶし》を振《ふ》り上げる美香を眺《なが》めながら思う。

(俺は、頑張ったことなんかなかった)

母親をあんな形で失ってからというもの、なにもかもを最初から諦《あきら》めるようになっていた。

ゲイを直せと父親に言われたとき、直せるようなものじゃないと説得することをしなかった。

直己に恋《こい》をしている自分を自覚したときは、ノーマルにアプローチしたところで無駄《むだ》だと打ち明ける気になれなかった。

女性上司の狂言《きょうげん》で濡れ衣を着せられたときもそうだ。

勤続年数が長く実績のある彼女と新入社員の自分、会社側がどちらの言い分を信じるかなんて考えるまでもないと思った。

説明を求めることもなく、会社側から解雇《かいこ》だと言い渡《わた》されたときには、やっぱりなと納得したぐらいだ。

信じてもらえずに傷つくより、最初から引いたほうがマシだ。

(俺はいつも、最初から諦めてた)

引き止めようとして頑張ったのに、母親は自ら逝《い》ってしまった。

あの絶望的な出来事以来、努力しても無駄だと思うようになってしまっていたようだ。

思い通りにならなかった現実が辛《つら》くて、拗《す》ねてしまっていたのかもしれない。

(ガキの頃《ころ》のままだ。……確かに、まだこれが似合うのかも)

微妙《びみょう》に悔《くや》しい気分になりながら、テーブルに座らせておいたテディベアのおでこにデコピンする。

「これで身上調査はお終《しま》い。正式に同居を認めてあげる」

「どーも」

「あ、そうそう。一応、公私の区別はつけてね」

「ん？」

「工房《こうぼう》とかでエッチしないで。兄妹《きょうだい》みたいな奴《やつ》のそういうシーンって、あんま見たくないし」

「……そういうことは、おっさんに言え」

その手のことをしたのは最初の夜だけ。

しかも、やるもやらないも正輝次第《しだい》だとは言えず、一弥はむっつりした顔で呟《つぶや》いた。

「はいはい。──まあ、それは置いといて。正社員にしたげるから長く勤めてよ。もう少し経《た》ったら、お金の管理も教えるし……。一弥が落ち着いてくれたら、あたしもやっと産休が取れるわ。高齢《こうれい》出産って言われる歳になる前に最初の子を産みたかったのよ」

気紛《きまぐ》れな正輝はひとりでは仕事の納期を守らないし、作品の対価として金を貰うことを失念しがちだから、ひとりにしておけなくて困っていたのだと美香が言った。

「いや、そりゃまださすがに時期尚早《じきしょうそう》じゃねぇ？　そんな簡単に俺を信じていいのかよ」

「いいの。そもそも、正輝に気に入られた時点で、もうオールオッケーなのよ」

「気に入られたって……。ホントかよ」

そもそも、いったいどういう風に気に入られているのかがさっぱりわからない。

ヤバイぐらいに気に入られたと感じたのは初日だけで、日が経つごとにその自信は目減りしていくばかりだ。

「気に入られてるわよ。けっこう長く不調が続いてたのに、一弥に会った途端《とたん》に復活しちゃったし……」

「ああ、そういや、ふぬけてたって言ってたっけ。おっさん、スランプだったのか？」

「そうじゃないの。可愛《かわい》がっていた子がいなくなって、それですっごい落ち込んでただけ」

(可愛がってたって……)

一弥はぎゅっと眉間《みけん》に皺《しわ》を寄せた。

「……俺の前にも誰かいたわけ？」

「いたけど……。でもホントに子供よ。それも一歳の女の子」

「は？」

「愛《あい》ちゃんっていう、可愛い子。えーっと……確かここに……」

美香は棚《たな》の中からスケッチブックを引っ張り出してきた。

「それ、おっさんがよく持ち歩いてる奴か？」

「そうよ。っていっても、これは描き終えた分で、いま持ち歩いてるのとは違うけど」

美香はテーブルの上にスケッチブックを置くと、パラっと捲《めく》った。

「ほら、この子よ。可愛いでしょう？」

それは、鉛筆《えんぴつ》で描《えが》かれた柔《やわ》らかな風合いの素描《そびょう》。

まだ赤ん坊《ぼう》といっていい年頃《ごろ》の女の子が、にっこり笑った瞬間《しゅんかん》を描いている。

もう一枚捲ると同じ女の子の泣いた顔、その次は寝顔《ねがお》と、一冊全部この子の絵だ。

どれもが愛情溢《あふ》れる、優《やさ》しいタッチの絵だった。

「もしかして、おっさんの子供？」

「そんなことあるわけないでしょう。海外で仕事してる正輝の親友の子よ。――正輝、すっごく可愛がってたんだけどね」

「この子、死んだのか？」

「いやだ。縁起《えんぎ》でもない。生きてるわよ。実のお祖父《じい》ちゃん達に引き取られていっただけよ」

その親友の元妻がかなり困った人物で、一日だけ預かってくれと正輝に強引《ごういん》に子供を預けていったきり行方《ゆくえ》不明になってしまったのだ。

どうやら若い男に入れ込んで、子供が邪魔《じゃま》になってしまったらしい。

「正輝はね、彼女が愛ちゃんを置いていくつもりだって気づいてたのに、黙《だま》って彼女を行かせちゃったの。無理矢理《むりやり》引き止めても、子供のためにならないって言って……」

置いていかれた子供の身体《からだ》にはつねられた跡《あと》があり、かなり痩《や》せてもいた。

どういう扱《あつか》いをされていたか、一目瞭然《いちもくりょうぜん》の状態だったのだ。

「半年ぐらい預かったかな。彼女と絶縁《ぜつえん》していたご両親が、孫がここに預けられてるってことを人伝《ひとづて》に聞いて慌《あわ》てて引き取りにきたの。――正輝、愛ちゃんのことそりゃもう可愛がってたから、手放してからはがっくりきちゃってね。もう抜《ぬ》け殻《がら》状態よ」

それから三ヶ月、いつも身綺麗《みぎれい》にしていたのに髪《かみ》も切らず髭《ひげ》も剃《そ》らず、しょっちゅう気紛れを起こしては金にならないものにまで手を出していた芸術活動にも意欲《いよく》をなくしてしまった。

美香が厳しく管理することで、オファーを受けていた仕事だけはなんとかこなしていたが……。

「それが一弥が現れた途端、いきなり復活よ」

「それ、ホントに俺のせいなのか？　たまたまなんじゃねぇの？」

「違《ちが》うわよ。っていうか、愛ちゃんを引き取る前の正輝はね、そりゃもうたいした遊び人だったの。しょっちゅうこの家にお相手を引っ張り込んでたみたいだけど、そのお相手をあたしに会わせたことはなかったし、こんな風に引き合わされたのは一弥がはじめて。もちろん、同居もはじめてよ」

「……マジかよ」

「ええ」

だから、正輝と真面目に向き合ってあげてね？　と美香が半ば真剣《しんけん》な顔で言う。

(向き合うもなにも……)

どういうつもりで正輝が同居に踏《ふ》み切ったのかもわからないのに、いったいどうしろというのか。

一弥は返事に詰《つ》まってしまった。

(……子供の代わりだったりしてな)

引越祝《ひっこし》いで貰《もら》ったテディベアも、そう思えば納得《なっとく》だ。

フロートのカウンターで、一弥はひとりふて腐《くさ》れてビールを呷《あお》っていた。

(でなきゃ、手を出してこない理由がわかんねぇし……)

もし本当に子供の代わりだったとしたら、あまりにも不愉快《ふゆかい》だ。

正直、許せないとさえ思う。

許せないと思う原因が、たぶん恋愛《れんあい》感情絡《がら》みだってことも不本意ながら自覚しつつある。

そのせいもあって、正輝とふたりきりでいるのがどうにも息苦しくなってしまって、仕事が終わってすぐ遊びに行ってくるとだけ告げて家から飛び出してきてしまった。

流されるまま同居することになってしまったが、ちょっと早まったかもしれない。

後悔《こうかい》していると、尻《しり》ポケットに入れておいた携帯《けいたい》が震《ふる》えた。

見ると、直己からのメールで、自分も会社を辞《や》めることになったと書いてあった。

(そんな)

入社してすぐ、希望していた部署から他部署へ強制的に異動させられたとは言っていたが、会社を辞めたくなるほど思い詰めていたとは聞いていない。

(もしかして、俺が先に愚痴《ぐち》っちまったから言えなくなってたのか?)

これは一大事とばかりに焦《あせ》って折り返し直己の携帯に電話をかけてみたら、そっちの問題ではなかったらしい。

『会社の仕事のほうは順調だったんだけどさ。例のあの人と別れちゃったもんだから……』

直己がつき合っていた一目惚《ひとめぼ》れの相手が会社関係の人だったとかで、完全に吹《ふ》っ切るために会社を辞めることにしたのだと直己が言う。

「そっか、それならしかたねぇよな」

などと直己に相づちを打ちながらも、心の中では、よしっ！　と拳《こぶし》を握《にぎ》りしめていた。

（やっぱ直己はこうじゃないと）

遊びの関係を、きっちり自分の意志で断《た》ち切れるその潔《いさぎよ》さが直己らしい。

一弥は嬉《うれ》しくてたまらなかった。

その後、直己の再出発を直接励《はげ》ましてやりたくて、今から飲みに出てこないかと誘《さそ》ってみたがあっさり断られた。

『ごめん、会社辞めるまで夜遊びは控《ひか》えるよ。酒臭《くさ》い息で会社に行きたくないし、最後までちゃんと働きたいから』

辞めると決めた会社であっても、最後まできっちり誠実であろうとする直己の姿勢に、これまた一弥は心の中でぐっと拳を握る。

遊びの関係でもいいだなんて、やっぱり一目惚れした衝撃《しょうげき》に一時的に我を忘れていただけだったのだ。

ずっと大切に思っていた直己が立ちなおってくれたことが本当に嬉しい。

「残念。んじゃ、そっちのケリがついたら絶対に飲もうな」

『うん。楽しみにしてる』

じゃ、また、と通話が切れる。

勝手ににやけそうになる顔を無理に引き締《し》めながら酒を舐《な》めていると、顔馴染《かおなじ》みのおねえ言葉のバーテンダーがにやにやしながら声をかけてきた。

「今の電話、直己ちゃんでしょ？　飲みに誘ったのに、ふられたんだ？」

「うっせぇよ。ほっとけ」

一弥は、わざと仏頂面《ぶっちょうづら》をしてぼやくように答えた。

「だったら、俺と飲まない？」

顔にかかっていた照明がふっと遮《さえぎ》られ、斜《なな》め上から見覚えのある顔がぬっと出てきた。

「おっさん、なんで？」

「カズちゃんのいない家にひとりでいてもつまらないから、捜《さが》しに来てみた」

「ストーカーかよ」

軽く片眉《まゆ》を上げて呆《あき》れたような顔を正輝に向けたが、その実、やっぱり正輝は自分のことを気にしてるんだなとわかってかなり嬉しい。

（ヤバイ。さっきより嬉しいかも……）

直己が遊びの関係を解消したと聞いたときには、なんとか抑《おさ》えていられた口元の緩《ゆる》みが、今度はどうにも我慢《がまん》できない。

一弥は緩む口元を隠《かく》すために、ビールのグラスに口をつけた。

「今日はビールか。——俺にも同じのを」

正輝に声をかけられたバーテンダーは「はあい」とハートマークが飛びそうな声を出した。

はい、どうぞとシナを作りながら酒を出し、ちょっとちょっとと一弥に声をかけてくる。

「なんだよ」

「こんな美形、どこで引っかけてきたのよ？」

「どこって、ここだぜ。ほら、この間の赤毛の熊《くま》」

一弥が正輝の口元を手で覆《おお》って隠してやると、バーテンダーは、ああっと驚《おどろ》いた顔をした。

「うっそー！　やだ、こんな美形だってわかってたら、あたしだってほっとかなかったのに！　もう、一弥ったらうまくやったわね。ネコはやらないなんて嘘《うそ》ばっかり。ただの面食いだったんじゃない」

珍《めずら》しく食いつきがよかったから変だと思ったのよ、とバーテンダーは唇《くちびる》を尖《とが》らせた。

「……ああ？　食いつきがいいって、俺がか？」

「そうよ。おまえん家で飲み直してやってもいいぜ～とかなんとか偉《えら》そうに言って、べったりくっついちゃってさ。一緒《いっしょ》に腕《うで》組んでここから出てったじゃない」

「俺、んなことした？」

「したわよ。ヤ～ダ、覚えてないの」

飲み過ぎよ、とバーテンダーは呆れたような顔をした。

（お持ち帰りされたんじゃなく、持ち帰らせてたのか……）

となると、その後の展開もちょっと事情が変わってくる。

酔《よ》ったせいで強引《ごういん》に連れ込まれたと思っていたから横柄《おうへい》な態度も取れたが、故意に引っかけさせたのだとしたら……。

（自分からくっついてって、嫌《いや》だ、やめろもねぇよなぁ）

一弥が正輝に拾われてきたという美香の認識《にんしき》は、真実だったのかもしれない。

引っかけさせられ、うっかり身の上話を聞かされた正輝は一弥の生《お》い立ちに同情し、住むところがないのならと家にも招き入れてくれただけだったのかも……。

（マジで、あの愛ちゃんとかって赤ん坊《ぼう》のときみたいに、行く場所がない俺をほっとけなかったとか？）

抱《だ》いたのはトラウマを解消してくれるためで、うちの子になれと言ったのは目の前で父親に拒絶《きょぜつ》された自分を憐《あわ》れんでくれただけで……。

（くそっ）

思い上がっていた自分が、むしょうに恥《は》ずかしくなってきた。

首のあたりから徐々《じょじょ》にじわじわと熱くなっていって、最後には顔全体が火照《ほて》ってくる。

「なに真っ赤になって照れてるのよ。らしくないわよ」

「うっせぇ、向こう行け」

バーテンダーは「はいはい」と肩《かた》を竦《すく》めて、別の客の前へと移動して行った。

「違うよ」

ふっとまた照明が遮られ、正輝の顔がドアップで目の前に。

「カズちゃんは、俺がしつこくしつこく誘ったから仕方なく応じてくれただけだよ」

「ホントか？」

「ああ。俺はカズちゃんに側《そば》にいて欲しいんだ。だから、バイトにも誘ったし、引っ越《こ》しておいでとも言った」

「……それにしちゃ、なんもしねぇじゃねぇか」

「ん？」

「あれ以来、キスのひとつもしてこねぇし……」

口にした途端《とたん》、また羞恥心《しゅうちしん》がどわっと沸《わ》き上がってきて顔が火照った。

「ああ、うん。そうだね。――あの夜のことは、カズちゃんにとっては酔った勢いだっただろう？　それがわかってるから、無理強《むりじ》いして逃《に》げられたくなかったんだよ」

またひとりになるのは嫌だしな、と正輝が呟《つぶや》く。

「俺は、やっぱり子供の代わりかよ」

「愛ちゃんのこと、美香から聞いたのか……。代わりだとは思ってない。というか、もう子供はいいよ。特に女の子は……。大事に育てたって成長したら余所《よそ》にいっちゃうんだと思うと、構っててもやたらと寂《さび》しくなるからなぁ」

「あんなチビ相手に、んな心配してたのか」

気が早すぎだろ、と一弥が笑うと、正輝は優《やさ》しげに目を細めた。

「その点、カズちゃんならちょうどいい」

最初は颯爽《さつそう》と歩く一弥の姿に目を奪《うば》われ、モデルにしたいと後をつけた。

フロートに辿《たど》り着き、親しげに直己と話す一弥を眺《なが》めていて、ふと寂しそうだなと感じた。

「寂しそうって、俺が？」

「俺と同じ、ひとりぼっちだって目をしてた」

「……おっさんには美香サンがいるじゃねぇか」

「美香にはダーリンができたからなぁ。俺はもう一番じゃない。一弥もそうだろう？」

「まあ、そうかもな」

直己の一番にはなれないし、複数いる遊び相手達にとっての一番でもないだろう。

正輝と迎《むか》えたはじめての朝に監禁《かんきん》されたのかもしれないと勘違《かんちが》いして、自分の不在に気づく人間がほとんどいないことを再認識させられたときの、あの不安と孤独感《こどく》は今でもありありと思い出せる。

「俺はカズちゃんの一番になりたい。それがただ口先で頼《たの》んで得られるものじゃないってこともわかってるから、ゆっくり時間をかけて、とりあえず信頼《しんらい》関係を築くことからはじめようと思ってる。――一時の衝動《しょうどう》でがっついて嫌《きら》われるのだけは避《さ》けたいんだよ」

その言葉に、だから据《す》え膳《ぜん》でも手ぇ出してこなかったのかと、一弥は納得《なっとく》した。

確かに、ふたりは出会ってまだ一週間しか経《た》っていないのだから当然と言えば当然なのかもしれないが……。

一弥が短気すぎるのが悪いのかもしれないが、それでもこの状態は微妙《びみょう》に居心地《いごこち》が悪い。

仕方ないから、こっちから一歩踏《ふ》み出してみることにした。

「……別に、その程度で嫌ったりしねぇけど」

「ホントに？」

「ああ。あの絵の代金払《はら》い終わるまではバイトも辞《や》めねぇし……。ってか、中途半端《ちゅうとはんぱ》に構われんのってけっこう困るんだよ。今だって、おっさんにこうやってべったりくっつかれてると、今夜の遊び相手を探すこともできねぇしさ。あんたにその気がねぇのなら、他《ほか》のを探しに行くから先に帰っててくれねぇかな。――おっさんのお蔭《かげ》で新しい楽しみ方を覚えたところだし、忘れる前にもう一度試《ため》しときたいとこなんだ」

だめ押しでつけ加えると、正輝は慌《あわ》てたようだった。

「そんなつもりでここに来てたのか⁉」

「あったりまえだろ。相手居なきゃできねぇんだし」

「誰《だれ》でもいいのなら俺にしとこうよ」

がっしり肩を引き寄せられ、額がくっつきそうなぐらいに顔を近づけられる。

（おっさん、必死だな）

「うっかり下手《へた》くそな奴《やつ》に当たるかもしれないぞ。その点、俺なら間違《まちが》いない」

そうだろ、と囁《ささや》かれ、その唇が耳元の柔《やわ》らかいところに触《ふ》れて強く吸われた。

（……うわっ）

ぞくぞくっと背筋に甘い痺《しび》れが走る。

（これこれ……。こうでなきゃ）

気に入った相手に声をかけられ、誘《さそ》われる瞬間《しゅんかん》のこの感覚。

駆《か》け引きする楽しさを思い出して、一弥はぞくぞくした。

ただ猫《ねこ》かわいがりされていては感じられないこの高揚感《こうようかん》が、ずっと足りなかったのだ。

もやもやしていた気分が、すうっと晴れていく。

「俺と一緒に家に帰ろう。この間よりずっと楽しませてあげるから」

「んー、どうすっかなぁ」

真剣《しんけん》に誘ってくる風情《ふぜい》がなんだか可愛《かわい》く見えて、わざととぼけて焦《じ》らしてやる。

ずっと慣れ親しんできた夜にやっと戻《もど》れたようで、一弥は少しほっとしていた。


散々答えを焦らしている間に酒が進み、家に帰りついた頃《ころ》にはいい感じに酔っぱらっていた。

フワフワとした酩酊《めいてい》感に足元がふらつく度《たび》、がっしりとした腕が支えてくれる。

促《うなが》されるまま正輝の部屋に行き、ベッドをひとめ見た一弥はちょっと驚《おどろ》いた。

「シーツ替《か》えたのかよ」

エロごと仕様の黒いシーツが、白のそれに替わっている。

それに合わせて、枕《まくら》カバーや毛布までが全部明るい色になっていた。

「カズちゃんの好みに合わせてみた」

「ふうん」

(なんだよ。いつでも俺を引っ張り込めるように準備してたんじゃねぇか)

それならそうと面倒臭《めんどうくさ》い手順を踏もうとせず、早く言ってくれればよかったのだ。

そうしてくれていたら、手を出してもらえないことを気にしたりせずに済んだのに……。

直接手で触れたシーツは、パリッと綺麗《きれい》に糊付《のりづ》けされていて皺《しわ》ひとつない。

自分のために用意されたシーツの白が目に眩《まぶ》しくて痛い。

一弥は瞬《またた》きを繰《く》り返した。

先にシャワーを浴びて、ばふっと皺ひとつないシーツに倒《たお》れ込む。

「気持ちいー」

さらっとした清潔な綿の肌触《はだざわ》りがたまらない。

毛布を引き寄せ、くるまって目を閉じる。

(おっさんの匂《にお》いがする)

ここは、自分のために用意された安心できる寝床《ねどこ》。

安堵感《あんどかん》に包まれてとろとろしていると、「まさか、寝ちゃったんじゃないよな?」とバスルームから戻ってきた正輝に肩《かた》を揺《ゆ》すられた。

「あー……眠《ねむ》い」

「ここまで焦らしてお預けはないだろう?」

起きてくれよと囁かれると同時に、キシッとベッドがきしんで毛布の上から正輝が乗っかってくる。

「うぜえ。重いって」

ぎゅーっと腕《うで》を突《つ》っ張《ぱ》って、近寄ってくる顔を押しのけた。

「重い? じゃあ、こうしよう」

「あ？」

なんだ？　と問う間もなく、ぐいっと毛布ごと抱《だ》き上げられ膝《ひざ》の上に乗せられた。

「これなら重くないだろう？」

背後からすっぽりと抱き締《し》められ、一弥はちょっと居心地が悪い。

(これじゃまるで子供を抱っこしてるみたいじゃねぇか)

みっともないことこの上ない。

逃《に》げようとしたが、毛布越《ご》しに腕ごと後ろからがっしり拘束《こうそく》されていては無理だった。

「眠気が覚めるよう、まずこっちに目を覚ましてもらおうか」

正輝の右手が毛布の上から、一弥のそこをやんわり揉《も》み込んでくる。

「う……わっ」

やわやわと刺《し》激《げき》されているうちに、それが硬《かた》くなってきた。

毛布越しにその形をなぞるようにいじられる。

布越しの愛撫《あいぶ》はどこか茫洋《ぼうよう》として焦れったい。

大きな手で擦《こす》り上げられる快感を知ってしまっていたせいか、あまりの焦れったさに微《かす》かに腰《こし》が揺れた。

「もっとちゃんと触《さわ》って欲しい？」

ちゅっと音を立ててキスしながら、正輝が聞いてくる。

（……あれ？）

そのキスに、なにか物足りなさを感じた一弥が振《ふ》り向くと、すかさず深く口づけられた。

「……んん」

（そっか、髭《ひげ》がねぇからか）

はじめて抱かれたあの夜、あのもさっとした髭から与《あた》えられるソフトな刺激の不意打ちに随《ずい》分《ぶん》と泣かされた。

それを覚えていたから、なにか物足りないような気がしたのだろう。

（でも、これなら自分でコントロールできるかもな）

前に抱かれたときは、快感に負けてずるずると言いなりになってしまった。

だが今回は、厄介《やっかい》な髭もないし二度目だしで、自分を保っていられるかもしれない。

「……どうかした？」

考え事をしながら上の空で深いキスに応じていたせいで、正輝が不審《ふしん》に思ったようだ。

唇《くちびる》を離《はな》して、少し心配そうに顔を覗《のぞ》き込んでくる。

「どうしても気分がのらないようなら、今日は諦《あきら》めるけど……」

とか言いながら、正輝の手はぐいっと一弥のそれを毛布の上から掴《つか》むと、強く擦り上げた。

「ちょっ……っ……待て……」

焦れったさに疼《うず》いていたそれは、嬉々《きき》としてその刺激を受け入れた。

毛布が直接擦《す》れて、妙《みょう》な熱さも感じる。

「放せって。毛布……汚《よご》しちまうし……」

先走りの雫《しずく》が溢《あふ》れる感覚に、一弥は慌てて正輝を止めた。

「ん？」

不思議そうな顔をした正輝は、一弥をくるんだ毛布をはぎ取った。

「なんだ、カズちゃんも最初からその気で待ってたんじゃないか」

下着も着けずに毛布にくるまっていたことを知って、正輝は嬉《うれ》しそうな顔をする。

「意地張っちゃって……。まあ、素直《すなお》じゃないところも可愛いけど」

むき出しになったそれを、つつーっと直接指で擦り上げられ一弥は息を呑《の》んだ。

「でも、こっちは素直だ。……もう零《こぼ》しちゃってるし」

先にたまる雫を正輝が指先で掬《すく》い取る。

なにをするのかとその指を目で追っていったら、正輝はそのままぺろっと舌で舐《な》め取った。

「うん。カズちゃんの味だ」

「……言うことが一々おっさんくせぇんだって」

文句を言うと、「そう？」と軽く首を傾《かし》げた正輝が、にっと唇の端《はし》を軽く上げて微笑《ほほえ》む。

（うっ）

普段《ふだん》のただ優《やさ》しげな笑《え》みとは違《ちが》う、ちょっと男臭《くさ》い雰囲気《ふんいき》のある微笑み。

それは、はっきり言っても凄《すご》く魅力《みりょく》的な微笑みだった。

(髭がなくても、これだけでヤバイ)

笑いかけられただけで、背筋がゾクッとした。

自分より大きな男は好みじゃないと公言してきたが、そんなのはネコとして扱《あつか》われるのを避《さ》けるための方便だ。

魅力的な雄《おす》には、どうしたって惹《ひ》かれずにはいられない。

我慢《がまん》できなくなった一弥は、正輝の髪《かみ》を引っ張って自分からキスを仕掛《しか》けていった。

「……んんっ……」

舌を強く絡《から》め合うとぞくぞくっと甘い感覚が背筋を這《は》い上がってきて、甘い鼻にかかった声が漏《も》れてしまう。

そうこうしている間にも、正輝の右手が一弥のそれをまさぐり、零れた雫で濡《ぬ》れた手の平でそれをやんわりと擦りはじめる。

(くそっ、もう好き勝手しやがって……)

左手のほうは、胸の突起《とっき》を探《さぐ》り当て、親指の腹で揉み込むように刺激している。

あっさり尖《とが》って敏感《びんかん》になったそれを、親指と人差し指の腹できゅっと強くつままれて、刺《さ》すような甘い刺激が全身に走る。

「……っ……」

たまらずにビクッと脇腹《わきばら》がひきつり、身体《からだ》がうねる。

（なんだ、これ……）

腰のあたりにたまらない重苦しい甘さを感じた。

あまりの重苦しさに我慢できなくなった一弥は、正輝の右手の上から両手で自らのそれを摑むと強く擦り上げた。

「せっかちだな。我慢できなくなった？　それとも、俺にカズちゃんのオナニーのやり方を教えてくれてるの？」

からかうような正輝の言葉をシカトして、ただ夢中で行為《こうい》を続ける。

「……んっ……あ……あっ……ああ！」

肉厚で自分のそれより大きな他人の手の平を使ったオナニーは、かなり効く。

張りつめていたそれは、ビクビクと震《ふる》えながらあっさりと白濁《はくだく》した精を放つ。

が、腰に溜《た》まる重苦しい甘さは去っていかなかった。

「……な……んだ、これ……」

放ったばかりなのに、まだまだ身体が疼いている。

わけがわからず、もう一度そこを両手でいじりながら疼く身体をくねらせると、耳元で正輝が小さく笑った。

「なんだ、そうか。カズちゃん、馬鹿《ばか》だな。そっちじゃないよ」

一弥にされるままだった正輝の右手がさらに下へと動いていく。

「ここが、焦《じ》れてるんじゃないの？」

一弥が放ったもので濡れた指先で、後ろの蕾《つぼみ》を軽くなぞる。

「うわっ……ちょっ……」

その途端《とたん》、身体がビクッと震えてそこがキュウッとすぼまる。

そして重苦しい甘さは、じんっと身体中に広がっていった。

「ほらね？」

敏感に反応してすぼまったそこを、正輝がその指先で宥《なだ》めるように撫《な》でる。

「緊張《きんちょう》を解いて、俺の指を入れて……。気持ちよくしてあげるから」

「ん」

囁《ささや》かれた後、ふっと耳に息を吹《ふ》きかけられ、そこから気がそれた。

その瞬間《しゅんかん》を待っていた正輝の指先が、つぷっと入ってくる。

「……あ……」

指先でくいっと入り口付近の内壁《ないへき》を擦られて、腰が揺《ゆ》れる。

「カズちゃんの身体は本当に素直で覚えがいいな。……ほら」

「あ……あ……んんっ」

正輝の指がぐるっと内部を押し広げるようにして動くと、まるでその指をもっと呑《の》み込もう

とするようにそこが蠢《うごめ》いた。

「な？　すぐに柔《やわ》らかくなった。この間気持ちよかったこと、ちゃんと覚えてるんだな」

嬉しいよ、と優しい声で囁かれ、またビクっと脇腹がひきつる。

「これ、どうして欲しい」

くいっと指先を中で動かされて、一弥は白旗を上げた。

「もっと……奥まで挿《い》れろ」

「わかった。でもこのままじゃ無理だな」

なんだと、と振《ふ》り向くと、にっと正輝が微笑む。

「もっと俺に身体預けて、それでもっと足を広げてくれないと、奥まで届かないよ？」

「あぁ？」

（もっとって……）

後ろから抱《だ》っこされた状態で身体を預けて足を広げる。

どう考えても、それは幼児のおしっこスタイルだ。

「できるわけねぇだろうが！」

ギッと睨《にら》むと、正輝は「残念」と呟《つぶや》きながら指を引き抜《ぬ》いてしまう。

「あ……ちょっ……」

「ん？　大丈夫《だいじょうぶ》、すぐにまた入れてあげるから」

ぐいっと正輝の膝《ひざ》からベッドの上に下ろされた。

「仰向《あおむ》けになって足を広げるのと、俯《うつぶ》せとどっちがいい?」

「どっちって……」

選ばされるとは思わなかった一弥は、おろっと狼狽《うろた》えた。

(この間は足広げたんだっけ……)

確か、促《うなが》されるまま大きく足を広げた。

さして羞恥心《しゅうちしん》を感じていなかったのは、今日よりずっと酔《よ》っていたせいかもしれない。

「……俯せで」

顔を見ながらよりは羞恥心を感じないだろうと、一弥は自らベッドに俯せになる。

「カズちゃん、それじゃ駄目《だめ》だよ。腰《こし》上げてくれなきゃ、前を可愛《かわい》がってあげられないよ」

正輝の手が腰を摑《つか》みぐいっと持ちあげる。

「うわわ……」

中途半端《ちゅうとはんぱ》に身体が浮《う》いた一弥は慌《あわ》てて、手足を突《つ》っ張《ぱ》り四つんばい状態に。

「そうそう。そのまま大人しくしてて」

ちゅっと音を立てて背中にキスを落としながら、正輝の指がぬるっとまた中に入ってくる。

「……あっ……」

ぐいっとさっきよりも奥のもっといいところを強く擦《こす》られ、カクッと肘《ひじ》が落ちた。

「気持ちいい？　じゃ、これは？」

ほんのちょっとの刺激《しげき》であっさり緩《ゆる》んでしまったそこに入れる指を正輝は二本に増やした。

ぐるっと中を押し広げるようになぞってから、中でその指を離《はな》し、別々に動かしだした。

「うわっ……ちょっ……」

なにか細長い生き物が中で蠢いているような感じがして、ぞぞっと肌《はだ》が粟立《あわだ》った。

一瞬《いっしゅん》、心地《ここち》好《よ》さを見失いかけたが、すかさず正輝が前をいじってくる。

「……んっ……」

きゅっと肉厚の手で掴まれ、親指の腹で零れた雫《しずく》をぬるっと先端《せんたん》に塗《ぬ》り広げられ、一弥の身体はまた甘く蕩《とろ》けていく。

同時に、また中で指が動きはじめた。

生理的な気持ち悪さを克服《こくふく》してしまうと、二本の指の動く感覚は決して気持ち悪いものではなく、甘い喜びに直結していた。

くにくにと動かされているうちに、自然に腰が揺らいでしまうほど……。

「あ……それ……気持ちいい……」

肘で身体を支えることもできなくなって、肩《かた》と頬《ほお》がベッドに触《ふ》れた。

「本当にカズちゃんの身体は覚えがいいよ」

そんな一弥を追いかけるように、正輝が顔を寄せて口づけてくる。

「んんっ……ふ……」

中でしつこく蠢く指と、口腔《こうこう》内を執拗《しつよう》に探《さぐ》る舌先。

（も……駄目だ……）

自分で自分の欲望《よくぼう》をコントロールすることなんてまったくできそうにない。

与《あた》えられる甘い喜びに、身体が甘く蕩けてしまったようで、もうされるがままだ。

「とろんとしちゃって……。いつもは目つきが鋭《するど》いから、このギャップがたまらないな」

可愛いよ、と耳元で囁かれても、口答えする気力すらもうない。

「随分柔《ずいぶんやわ》らかくなってきた。カズちゃん、そろそろこれが欲しいんじゃないか？」

手首を取られ、ぐいっと引かれた。

導かれるまま、すでにしっかり形を変えた正輝のそれに手の平を押し当てられ、一弥はビクッと脇腹《わきばら》をひきつらせる。

「この間、これで凄《すご》く気持ちよくなったの覚えてる？」

「……う…わっ」

熱いそれにびっくりして手を引こうとしたが、正輝はそれを許さない。

「これをカズちゃんの中に挿れて、じっくりと馴染《なじ》ませてあげたのは？」

忘れてないよな？　と問われて、カーッと羞恥心に顔が赤く染まる。

「また照れちゃって可愛いな」

手首を離されると同時に、ぱっと引いた。

なんだかすっかり混乱してしまって、這《は》い上がって逃《に》げようとしたら、中に入れたままの指で一番いいところをぐいっと強く擦り上げられた。

「……つっ！」

ガクッと身体《からだ》が崩《くず》れる。

再び顔を寄せてきた正輝が、耳元で小さく笑った。

「逃げちゃっていいの？　ひとりでなんとかできる？」

（くそっ、なんだよ、これ……）

正輝の低い笑い声に一弥の理性が少し戻《もど》った。

言葉責《ぜ》めは遊び相手に何度もやってきたが、やられるのははじめてだ。

望む言葉を言うのは癪《しゃく》に障《さわ》るが、望む言葉を言わない限り、この先の喜びを得られないことも経験上知っている。

「…………ムリ」

「だよな。だったら、どうする？　この間みたいに最初は後ろから？　それとも今回は前からする？」

どっちでもいいよと言いながら、正輝が指を引き抜く。

「……あん」

（げっ）

その刺激で思わず鼻から漏《も》れた自分の甘い声に、一弥はまた真っ赤になった。

「可愛い声なのになんで照れるんだ？　ホントにカズちゃんは照れ屋さんだなぁ。そんなに恥《は》ずかしいなら、後ろからのほうがいいかもな」

「ああ、もう……うっせぇ。前からしろっ！」

からかうように言われて、一弥はたまらず叫《さけ》んだ。

（くそっ、また墓穴掘《ぼけつほ》っちまった）

正輝がこっち側を望んでいるのがわかっていて、この言葉を口にしてしまうなんて……。後悔《こうかい》してももう遅《おそ》い。

有言実行とばかりに自ら仰向けになると、正輝が嬉々《きき》としてのしかかってくる。

「嬉《うれ》しいよ。カズちゃんの綺麗《きれい》な顔をじっくり見ながら、これを挿れてみたかったんだ」

しっとりとした深い口づけが与えられる。

「……んっ……ふ……」

羞恥心から尖《とが》っていた一弥の瞳《ひとみ》が、再びとろんと落ちたところを見はからって、正輝は一弥の片足を抱《かか》えて、そこに自らの熱いものを押し当てた。

「ゆっくり挿れるから……。緊張《きんちょう》しないで、じっくり俺を感じてて」

「――んんっ！」

ぐぐっと少しずつ押し込まれ、たまらずに目を閉じ顎《あご》を上げる。

白いシーツをぎゅっと摑んで、その圧迫感《あっぱくかん》に堪《た》えた。

「その眉間《みけん》の皺《しわ》、色っぽいな。……カズちゃん、普段《ふだん》からたまにそこに皺を寄せるけど、これからはそれ見る度《たび》にむらむらしそうだ」

「むらむらって……」

おっさんくせぇんだよ、と罵《ののし》ろうとして目を開けた途端《とたん》、じいっと食い入るようにこっちを見ている正輝と目が合った。

（こいつ、マジで真剣《しんけん》に見てやがるんだ）

手の平で身体のサイズやラインを計られてしまった。

では、この目は？

色素の薄《うす》い赤い目から入った自分の映像は、この男の中でどんな風に使われるんだろう。

「み、見るなっ！」

一弥は慌てて両手で顔を隠《かく》した。

「残念、顔は見せてくれないんだ。でもいいよ。まだまだ、この先もあるし……。照れてるカズちゃんを見てるのも楽しいしな」

「んっ！」

ぐいっと一気に奥まで突き入れられ、内臓を押し上げられる圧迫感に息が詰《つ》まる。

と同時に、得も言われぬ甘い感覚がじんっと身体中を痺《しび》れさせた。

「驚《おどろ》いた。まさか一気に入っちゃうとは……。この間とは随分違《ずいぶんちが》う。カズちゃんの身体は本当に愛されるのに向いてる身体だな」

（うっせぇよ）

口答えしたかったが、口を開くと変な声が漏れてしまいそうで怖《こわ》くてできない。

「これから何度だって抱《だ》いてあげる。カズちゃんは覚えがいいから、ここが俺の大きさに慣れるまで、きっとそんなにかからないよ。そうしたら、これ以外のものじゃ絶対に物足りなくなる。他《ほか》の男と寝《ね》ようなんて思えなくなるはずだ」

たくさん可愛《かわい》がってあげるから、と耳元で囁《ささや》かれて、奥深くまで正輝の熱を呑《の》み込まされたそこがきゅんっと反応する。

「う……わ……」

自分の身体がその言葉を喜んでいることに、一弥は真っ赤になって狼狽《うろた》えた。

「身体は正直だよな」

ふふっと小さく笑いながら、正輝はじっくりと腰《こし》を揺《ゆ》らしはじめた。

ずずっと内壁《ないへき》を巻き込むようにして寸前まで引き抜《ぬ》かれ、まだじりじりと押し広げるようにして押し込まれ……。

「あ……あっ……や……んあ……」

正直な身体は、その焦《じ》らすようなゆっくりとした動きに嬉々として反応した。堪《こら》えきれない声が唇《くちびる》から漏れ、同時に、押し込まれた熱に押し出されるようにして出てきた熱い吐息《といき》も吐《は》き出した。

「あっ……も……あ……やあっ……」

迫《せ》り上がってくる熱い感覚に耐《た》えきれなくなった一弥は、救いを求めるように自らにのしかかっている正輝の身体にしがみついた。

「カズちゃんは本当に可愛いよ」

蕩けるように優《やさ》しい声が耳元で囁かれ、笑《え》みを刻んだ唇がゆっくりと押し当てられていく。吐き出していた熱い吐息が出所を塞《ふさ》がれ、身体の中に逆流する。

(……あつい)

——熱くて、気持ちいい。

身体の中に渦巻《うずま》く熱で理性が溶《と》かされ、それ以外のことを考えることができなくなる。

「……んんっ……」

甘い鼻息を零《こぼ》す一弥は、ただ自らを翻弄《ほんろう》する男の身体にしがみつくことしかできなくなっていた。

5

「おっさん、この絵ってさ、俺が駄目《だめ》にしたあの絵の代わりに描《か》いてんだろ？」

日曜日、埃《ほこり》を立てないよう工房《こうぼう》内をモップでそうっと静かに掃除《そうじ》していた一弥は、脚立《きゃたつ》に上がり巨大《きょだい》なパネルに絵を描いていた正輝に話しかけた。

「そうだよ。あと三日で完成ってとこかな」

見上げた絵は青を基調としており、深い海の底から水越《ご》しに太陽の光を望《のぞ》むようなイメージを連想させる作品だった。

きらびやかで綺麗だが、少しだけ自分が水底にいるような息苦しさもある。

だからこそ余計に、明るくきらきらした太陽の光が眩《まぶ》しく感じるのかもしれないが……。

「これも悪かねぇけどさ。俺は前のモチーフのほうが好きだな」

同じ抽象《ちゅうしょう》画でも、向こうのほうが明るくてポップな感じがした。

芸術なんかわからない一弥にとってはそのほうが親しみやすかったが、描いた本人が駄目な絵だと判断しているのならば仕方がない。

と思っていたのだが、

「やっぱり気が合うな。俺もだ」

作業の手を止めた正輝が、振《ふ》り向いて嬉しそうに笑う。

「あ？ だったら、なんであれをそのまま描きなおさねぇんだ？」

「あれは愛ちゃんと遊びに行ったときの光景を描いた、あの子のための絵なんだよ。万人《ばんにん》の目に触《ふ》れるところにはやりたくないんだ」

美香にそれを言ってもすんなりと聞き入れてもらえないことは経験上わかっているから、これは駄目だと適当なことを言って、描き直すことを承諾《しょうだく》させたのだと正輝は言った。

「んじゃ、あの絵はどうするんだよ」

「あれはカズちゃんが買ったんだろう？ こっちの作業が終わったら、ちゃんと修復してあげるから、ここの壁《かべ》にでも飾《かざ》ろう。そしたら毎日見られる」

「なんだったら、あの絵をそのまま愛ちゃんにやっちまってもいいんだぜ？」

そうしてくれたら、一弥としても多額の借金から解放されるから助かるのだが、正輝は無理だよと笑う。

「愛ちゃんを引き取ったお祖父《じい》さんの家には、こんな大きなパネルを飾れるだけの壁がない。雨ざらしになるだけだ」

だからほら、と正輝が脚立から降りながら、パネルの脇《わき》にあるイーゼルを指差した。

イーゼルにはキャンバスが立てかけられていたが、こちらに背が向けてあって見えない。

回り込んで見てみると、まだ描きかけながらも例のパネルと似通った絵があった。パネルの絵よりずっと単純化されていて、明るくポップなイメージが前面に出ている。

「こりゃいいな。子供が喜びそうな絵だ」

「だろう？　次の誕生日のプレゼントに贈《おく》るつもりなんだ」

いつの間にか隣《となり》に来ていた正輝が言う。

「あの年頃《ごろ》の子供じゃ、そろそろ俺のことは忘れはじめてるかもしれないがな」

「忘れられんのが嫌《いや》なら、たまに遊びに行ったら？」

絵を眺《なが》めている正輝が少し寂《さび》しそうに見えたのでそう言ってみたのだが、正輝は止《や》めとくよと呟《つぶや》いた。

「所詮《しょせん》は他人だ。お祖父さん達も、俺の顔を見たら、我が子を捨てた自分の娘《むすめ》の不始末を思い出して辛《つら》い思いをするだろうしな。プレゼントを贈るのも、これで最後にするよ」

「そっか……。ま、元気出せ」

一弥はバシッと広い背中を叩《たた》いた。

「どうも。——励《はげ》ましついでに、ちょっといい？」

あぁ？　と見上げると正輝の顔が不意に近づいてきて、キスされた。

「……んっ」

逃《に》げようとしたが、ぐいっと腰を強く抱《だ》き寄せられ、のけぞるような姿勢になる。

（ああ、くそっ……。なんで、こう……）

覆《おお》い被《かぶ》さるようにして強引《ごういん》に合わせられた唇に、逃《のが》すまいとしてきつく抱き寄せる強い腕《うで》。

それなのに、舌に絡《から》み、口腔《こうこう》内をまさぐる正輝の舌は甘く優しい。

その甘さに負けて白旗を上げた一弥は、抵抗《ていこう》を諦《あきら》めて正輝の首に腕を絡めた。

抱き寄せていなくとも一弥が逃げないと悟《さと》ったのだろう。

合わさったままの正輝の唇が微《かす》かに微笑《ほほえ》み、腰を抱き寄せていた両の手の平が、肩《かた》からうなじと背中から尻《しり》にかけてのラインを、それぞれじっくり確かめるようにして撫《な》でさすっていく。

（……気持ちいい）

こんな風にじっくり撫でられると、正輝の手の平の温《ぬく》もりが服越しにじんわりと染《し》みこんできて、まるでマッサージでもされているように気持ちいい。

だが、執拗《しつよう》に口腔内を嬲《なぶ》り続ける深いキスが、身体《からだ》の深いところの熱をじわじわと上げていくのも確かなことで……。

「んっ」

熱が溜《た》まり微かに反応しはじめていた一弥のそれを、正輝の太股《ふともも》がぐいっと刺激《しげき》する。

「……もうちょっといい？」

唇をやっと離《はな》してくれた正輝に聞かれ、一弥は「ここでかよ？」と困った顔になった。

「大丈夫《だいじょうぶ》、美香にはバレやしないって」

「そう……かもしんねぇけどさ……」

あの夜以来、正輝はやけに積極的になっていた。

油断するとすぐにキスしてきたり、触《さわ》ってきたりする。

急に親密度を増したことはさすがに隠《かく》しようもなく、美香からは公私の区別はつけてねと、
ふたりして何度も注意された。

つまりは、場所を選べと何度も釘《くぎ》を刺《さ》されているのだが……。

(おっさん、聞いちゃいねぇし)

ついでに、気にしてもいない。

美香に注意されて気まずい思いをするのは一弥だけだ。

だから、工房だろうとダイニングキッチンだろうと平気で手を出そうとしてくる正輝を、一
弥自身が止めなければならないのだが……。

(……無理)

こうしている間も、正輝の手が身体をまさぐっている。

この手が与《あた》える心地好《ここちよ》さを知ってしまった今となっては、本気で拒《こば》むのは難しい。

服の下から入ってきた手が直接肌《はだ》を撫で、乳首《ちくび》を探《さぐ》り当てて執拗に嬲ってくる。

「……んっ」

きゅっとそこを指でつねられてざわっと全身が甘く痺《しび》れる。

と同時にカクッと膝《ひざ》が落ちたところを、これ幸いと正輝に抱《だ》き上げられた。

そのまま応接用のソファに運ばれて、また深いキスをされる。

（……ま、いっか）

快感に弱い一弥は、あっさり美香との約束を放棄《ほうき》して、正輝の首に自分からしがみついた。


微かにツンとした刺激臭《しげきしゅう》がして、ソファの上で目が覚めた。

きちんと服を着せられ、その上からご丁寧《ていねい》にも毛布でふんわり巻かれている。

たぶん正輝的にはこれで大切に扱っているつもりなのだろうが、一弥は軽くむっとした。

（なんで、いつもいつも側にいねぇんだよ）

朝もそうだ。基本的に早起きの正輝は、さっさとひとりで起きて朝食の支度に取りかかるから、いつも目覚めると一弥はひとりだ。

（いたらいたで、うぜえかもしんねぇけど……）

それでも、やっぱり一声かけていって欲しい。

寝るときに確かに感じていた体温が側にないのは、なにか少し寂しい感じがするのだ。

先に起きた正輝は仕事の続きでもしているのかと思い、身を起こして絵のほうを見たが正輝の姿はない。急に不安になった一弥は、「……おっさん？」と、正輝を呼んだ。

「こっちだよ」

声のするほうを見ると、木工用のスペースのほうでハケを手にして正輝が微笑んでいる。笑いかけるその顔がいつもと同じように優しくて、なんだかほっとする。

と、同時になにやらむっとした。

(なんで、んなことで俺が安心しなきゃなんねぇんだ)

ほっとしたのとむっとしたのと感情が複雑に入り交じって、表情がうまく作れない。

一弥はソファの上で膝を抱え、膝の上でくしゃくしゃになった毛布に顔を埋めた。

「……おっさんさぁ、愛ちゃんと一緒だったときって、やっぱ一緒に寝てたのか?」

「もちろん」

一弥の唐突な質問に、正輝は嬉々とした声で答えた。

「赤ちゃんと一緒に寝るなんてはじめてだったから、慣れるまでは潰しそうで怖かったよ。ひとりで寝かせようとしても、むずかって寝てくれないしね」

なにひとつ自分のことを自分ではできない小さな子供相手だったから、一時だって目が離せなかったと正輝は言う。

「赤ちゃんは体温高いから、こっちは汗だくだったよ。朝起こすと、目を擦りながらむずがってくっついてくるのがもうすっごく可愛くて……。寝ぼけたままの状態で服を着せてあげて、抱っこしてキッチンに連れて行ってご飯を出すと、目がぱっちり開くんだ。愛ちゃんは食いしん坊だったからね。でも、好き嫌いが激しくて、野菜を食べさせるのは苦労したな」

楽しげな正輝の声を聞けば聞くほど、一弥は機嫌が急降下していった。

「……マジで可愛がってたんだな」

まだ自分の世話ができない子供と一弥とでは、その対応が違うのは当たり前だ。

ちゃんとわかっているのに、なんだかむしょうに面白くない。

(子供相手に張り合って、どうするよ)

馬鹿らしい、と一弥は深く息を吐いて顔を上げた。

「おっさん、今なにしてんだ?」

「ん? 椅子《いす》の塗《ぬ》り直し」

なんだそれは、と興味を惹《ひ》かれた一弥はソファから降りた。

「……っ」

いつものことながら、抱かれた直後は足に力が入り難《にく》い。

腰《こし》のあたりに残る甘い痺れに、どうしても気を取られてしまうせいだ。

「大丈夫? 抱っこしてあげようか」

気づいた正輝にからかうように言われた一弥は、「いらねぇよ」とわざと大股《おおまた》で歩み寄っていく。

「なんだこれ。変な椅子だな」

日に長期間晒《さら》されたのか、色あせた感じの木製の椅子は、背もたれのところが動物のシルエットになっている。

キツネにネコ、犬に兎と妙に可愛《かわい》いデザインだ。

「こんな椅子、うちの庭にあったっけ？　もしかして愛ちゃんの？」

知らず知らずのうちに声が尖ってしまって、一弥はこっそり舌打ちした。

「いや。これは近所のお爺《じい》さん達に頼《たの》まれて作った奴《やつ》だ。天気のいい日にこれに座って庭で将《しょう》棋《ぎ》を指したり、世間話をしているらしいよ」

たまたま木材を持って歩いているところをお爺さん達に見かけられ、木工細工の職人だと勘《かん》違《ちが》いされているのだと正輝は笑った。

なにかのついでに椅子を作ってくれと頼まれたから、悪戯《いたずら》半分でこんな椅子を作ってやったら随分《ずいぶん》と気に入られたらしく、年に一度、長持ちさせたいからメンテナンスしてくれと持ち込まれるようになったとか……。

（当然、ただでやってんだろうな）

お気に入りの近所のパン屋の看板を勝手に作ってみたり、飲みに行った店の壁《かべ》に酔《よ》った勢いで絵を描《か》いてきたり、納品ついでに挨拶《あいさつ》に行った先で暇潰《ひまつぶ》しに描いたスケッチ画をそのまま残してきたりと、正輝は気紛《きまぐ》れにあちこちで好き勝手している。その度《たび》に、「また、ただで仕事をして～」と美香は怒《おこ》っているようなのだが、本人は気にしちゃいない。

（芸術家らしいっちゃらしいか）

規制の枠《わく》に囚《とら》われず、好き勝手に芸術活動を楽しんでいるのだから……。

前に美香が言った、正輝が気紛れだというのは、こういうことを指してのことだったらしい。

(人間関係は、気紛れじゃなさそうだ)

親友の子供を引き取って真剣《しんけん》に育ててやろうとしていたぐらいには情に厚い。

一弥が寄りかかったとしても、急に背を向けられ、べたっと地べたにひっくり返ることはなさそうだ。

「ペンキ塗るだけなんだけど手伝う?」

ぼうっと作業を見ていた一弥に、正輝が声をかけた。

「そうだな。掃除《そうじ》してるよかこっちのが楽しそうだ」

一弥は、よしっと腕まくりして、差し出されたハケを手に取った。

☆

流されるままずるずるとひとつ屋根の下で暮らすようになったせいで、同居に関しての取り決めをなにもしていなかった。

それが気になっていた一弥は、今から少し前、正輝とふたりで生活面について色々と話し合っていた。

食事の支度《したく》は正輝にとっては気晴らし兼趣味《けんしゅみ》だから、今まで通り正輝がやる。

掃除は年に数回業者をいれることになっており、正輝の部屋以外は仕事の合間に美香がやってくれていたと言うので、そこら辺は全部美香から一弥が引き継《つ》ぐことにした。

洗濯物《せんたくもの》は各自で、食料などの買い出しは協力し合って一緒《いっしょ》に行く。

正輝は、家賃や食費、光熱費などはいらないと言ってくれたが、父親に薄汚《うすぎたな》い疑惑《ぎわく》をかけられたばかりだったことが引っかかっていて、給料からきっちり天引きにしてもらうことにした。

これでやっと全部すっきりした。

それからは、ずっと安心して暮らしていたつもりだったのだが……。

(なんなんだろうな、これ……)

確かにすっきりしたはずなのに、一週間もするとまた胸のもやもやが復活していた。

もやもやするだけじゃなく、なにか急に叫《さけ》び出したくなるような切羽詰《せっぱつ》まった感情が喉元《のどもと》まで迫《せま》ってくることもある。

そして、怒りたいような、泣き出したいような、暴れたいような、そんなわけのわからない妙な衝動《しょうどう》も感じるようになった。

朝起きてひとりだったり、愛ちゃんがらみの話を聞いた後も、意識して気分を変えないと同じような状況になる。

積極的になった正輝に強引《ごういん》に誘《さそ》われ抱かれているとそんな衝動は忘れてしまうのだが、身体《からだ》を離《はな》した途端、またじんわりとそれらの感情や衝動が甦ってきて一弥を困らせる。

自分でも不可解だったのだが、その謎《なぞ》はひょんなことで解かれてしまった。

「一弥は、正輝のどこがいいの？」

仕事中に美香からなにげなく聞かれたそんな質問が、そのきっかけだった。

「やっぱり、あの顔？」

「顔……は、初対面のときは、もさっとした髭《ひげ》であんま見えなかったからな」

だから、あの目立つ華《はな》やかな外見は二の次だ。

「最初に気に入ったのは、あの目かな」

それから大きくて厚みのある手の平、そして尖《とが》ったところのない穏《おだ》やかな声。

大人の余裕《よゆう》を見せる正輝にいいように流されて転がされるのにはちょっとむっとしたが、どこまでも優《やさ》しくしてくれる甘いところにはすっかり参ってしまっていた。

厚いしっかりした胸に抱かれて、自分より少し高い体温を感じるのも悪くない。

あの押しの強さだって嫌《いや》じゃない。

下手に出た状態でぐいっと押されると、意地を張る間もなくすんなり頷《うなず》けるから楽だし……。

それから……と、考える間もなく、好きなところが次々に浮《う》かんでくる。

(……俺、おっさんにマジで惚《ほ》れてんだ)

そうかもしれないとは思っていたが、まさかここまで完全に参っているとは思わなかった。

（ったく、好きなところを思い浮かべただけで鼓動《こどう》が速くなるなんて、どこの乙女《おとめ》だよ）

そんな自分がやたらと気恥《きは》ずかしくなってしまって、じわじわと顔が熱くなってくる。

と、同時に、なにか急に叫び出したくなるような切羽詰まった感情がまた喉元まで迫《せ》り上がってきた。

（うわっ、つまり、これってそういうことか？）

一弥自身がはっきり自覚する以前から、自分は正輝に惚れている、恋《こい》をしているのだとこの心が叫んでいたのかもしれない。

「いやだ。なに真っ赤になってんのよ」

急に黙《だま》り込んだ一弥の顔を覗《のぞ》き込んだ美香が、びっくりした顔をする。

「それじゃ、この子とお揃《そろ》いよ」

棚《たな》の上に飾《かざ》っておいた赤毛のテディベアを摑《つか》むと、苦笑《くしょう》しながら一弥に放《ほう》り投げてきた。

「うっせ」

それをキャッチした一弥は、赤毛のテディベアの腹に顔を埋《うず》めて、赤くなった顔を隠《かく》した。

正輝に本気で惚れているとしっかり認識《にんしき》したことで、怒りたいような、泣き出したいような、暴れたいような、そんなわけのわからない妙な衝動の理由も自然にわかってしまった。

たぶん、自分は返事を欲しがっているのだ。

この本気の想《おも》いに、正輝もまた本気で答えてくれるかどうかを知りたいと……。

(一番になりたいって言われたけど……)

よくよく思い返してみると、好きだの愛してるだのとは一度も言われたことがない。

綺麗《きれい》だ可愛いだのと言われて、その甘ったるさにこっちが辟易《へきえき》するのはしょっちゅうだというのに、肝心《かんじん》なひと言は言われないままだ。

(なんで言わねぇんだろ)

どうして一番になりたいのか、その理由を口にしてくれていたら万事《ばんじ》解決なのに……。

中途半端な状態が苦しくて、衝動的に「俺に言いたいこととか聞きたいことはねぇか?」と正輝に迫ってみても、「夕食はなにが食べたい?」と斜めの答えが返ってきてがっくり。

自分のほうから告白するという手もあるのかもしれないが、生憎《あいにく》、一弥はその手の言葉を真面目《まじめ》に口にしたことがない。

最初の恋の相手である大学生は向こうから告ってきたし、遊び相手達とは上っ面《つら》だけの愛の言葉を囁《ささや》き合う関係だ。

直己についうっかり自分の気持ちを言ったときだって、好きだったと過去形だった。

(やっぱ直己は、一目惚《ひとめぼ》れした相手にまっすぐ告白したんだろうな)

だからこそ遊ばれるような羽目になってしまったのだろうが、こうなってみると直己のまっすぐさがちょっと羨《うらや》ましくもある。

（……俺には無理だよなぁ）

素直《すなお》な自分の気持ちを伝えるなんて、あまりにも恥《は》ずかしすぎる。

好きだ、なんて口に出したら、きっと恥ずかしすぎて顔から火を吹《ふ》いてしまうに違《ちが》いない。

となると、なんとか向こうから言わせるように、うまく誘導《ゆうどう》しなければならないわけで……。

（ってか、おっさんの気持ちが、俺とは違うって可能性もあるのか……）

寂《さび》しい者同士、気も合いそうだし、一緒にいれば楽しく過ごせるだろうと正輝は言っていた。

自分と同じように、ひとりぼっちで寂しそうだったから声をかけてみただけだったとしたら非常に困る。

美香は、以前の正輝は遊び人だったと言った。

一弥だって同じで、適当に遊び相手を見つけては寂しさを紛《まぎ》らわしていた。

出会ったばかりのとき、正輝が口にした口説き文句の類《たぐい》は、一弥自身も遊び相手に言ったことがある。

それを思うと、口先だけのピロートーク、ただのお愛想《あいそ》だった可能性も捨てきれない。

ただ単に、同じ性癖《せいへき》を持ち同じように寂しいのならば、その間に恋愛《れんあい》感情はなくとも寄り添《そ》って生きることは可能だと正輝は考えたのかもしれない。

だからこそ、恋愛感情云々《うんぬん》については一切言及《いっさいげんきゅう》しないのかも……。

(情……って可能性だってあるしな)

同居までさせてくれているのだから、ただの遊びではないことは確かだ。

だが、同病相憐《どうびょうあいあわ》れむといった感じの情ではないとは言い切れない。

親友の子供とはいえ、手のかかる小さな赤ん坊《ぼう》を半年も引き取って面倒《めんどう》を見ていたのだ。

正輝の情の深さは本物だろう。

家族とか、その手のスタンスで一緒にいたいと考えている可能性も捨てきれない。

(セックス込みの家族関係?)

それは凄《すご》く変だ。

というか、それではまるで夫婦《ふうふ》みたいじゃないか?

「わけわかんねぇ」

頭の中がごちゃごちゃする。

ここまで真剣《しんけん》に誰《だれ》かを好きになったことがないから、好きだというこの感情を持て余して、一弥はすっかりパニクってしまっていた。

(ひとりだと、余計なことを考えちまってどうも駄目《だめ》だな)

正輝と美香は、夕方から仕事の依頼《いらい》主との打ち合わせ兼《けん》会食に出掛《でか》けていて、帰りは何時になるかわからないと言われている。

ひとりで留守番の一弥は、ダイニングキッチンのテーブルで買ってもらったばかりのノートパソコンを使い勝手がいいようにあれこれいじっているところだ。

「……飽《あ》きた」

時計を見ると、とっくに六時を回っていた。

作業を止め、ノートパソコンを棚にしまう。

夕食の作り置きをしておこうかと正輝には言われたが、さすがにそこまでしてもらうのは気が引けるので、今日の夕食はひとりで外食にする予定だった。

「なに食おっかな」

携帯《けいたい》とサイフをポケットに入れ、薄手《うすで》のブルゾンを羽織って外に出る。

正輝と同居する前は、外食とコンビニご飯が半々ぐらいの割合だった。

手作りの美味《おい》しい食事に慣れてしまったせいか、コンビニの弁当で夕食をするのはなんだか味気ない気がする。

かといって知っている店にわざわざ電車に乗って行くのも面倒だから、近所を散歩がてらぶらついて目についた店にでも入ることに決めた。

(ラーメン屋にファミレスに寿司屋《すしや》か……。おっさんお気に入りのパン屋が、パンを卸《おろ》してる洋食屋が近くにあるって聞いたような……)

きょろきょろしながら歩いていると、尻《しり》のポケットでメールを着信した携帯が震《ふる》えた。

「っと、こりゃ久しぶりだ」

メールの相手は、複数いる遊び相手のうちのひとりだ。

一ヶ月近くこっちから連絡《れんらく》してやらなかったせいか、ちょっと拗《す》ねているような文面で、暇《ひま》なら遊んであげてもいいよと誘《さそ》ってきている。

正輝に毎日のように求められている今、他《ほか》の誰かと遊びたいとはまったく思わない。

断りのメールを打とうと思ったが、その手がふと止まる。

（……他の奴《やつ》と遊んだら、おっさん、どんな反応見せるだろ？）

一弥は軽い気持ちでＯＫの返事を出すと、最寄《もよ》り駅へと方向を変えた。


待ち合わせ場所はいつものフロートだ。

（まさか、まったく気にしないってことはねぇよな）

予定よりずっと早く店についた一弥は、ひとり考え事をしながらカウンターでビールを飲む。

腐《くさ》るか拗ねるか、それとも怒《おこ》るか悲しむか……。

正輝が怒ってくれたら、それは恋愛感情がしっかりあるってことだろうからかなり嬉《うれ》しい。

悲しまれたら、それはちょっと困る。

（でもまぁ、お互《たが》いに専属の約束をしてるわけじゃねぇし……）

他の奴と遊ばれるのが嫌《いや》ならば、はっきりとそう言ってくれればいいのだ。

今までは、独占欲《どくせんよく》という名の束縛《そくばく》を毛嫌《けぎら》いしていたが、正輝がそれを望むのならば拒《こば》まない。

というか、恋愛感情故《ゆえ》に独占したいと思ってくれるのなら凄く嬉しい。

正輝の気持ちを確かめるのに、他の奴と遊んでみるのは手っ取り早くていい手段だ。

打ち合わせから帰った正輝が、一弥がいないことに気づいてどう行動するかも楽しみだ。

（フロートに来たりしてな）

遊び相手と待ち合わせた後、すぐにホテルに行かずに、一、二時間フロートで粘《ねば》るのも悪くないかもしれない。カウンターで遊び相手といちゃついているところに居合わせたら、正輝はどんな顔をするだろう。

俺にしときなよと、また熱心に口説いてくれるかもしれない。

そんな正輝の姿を想像して、ひとりでにやにやしていると、「思い出し笑いなんて気持ち悪～い」とおねえ言葉のバーテンダーに絡まれた。

「うっせ、あっち行け」

「ふん、やな感じ。――ねえねえ、今日もあの美形来るの？」

「さあ？　今日の待ち合わせの相手、あのおっさんじゃねぇし」

「やだ。もう別れちゃったの？」

「別れてねぇ……ってか、元々ちゃんとつき合ってるわけじゃねぇし……。最近、おっさんとしか遊んでねぇから、たまに違うのも食ってみよっかなって思っただけ」

「あらま、そんなことしていいの？　あの美形に振られても知らないわよ」

「……振られる？　この俺が？」

思いがけない言葉を言われて、一弥は目が点になった。

（……いや、でも）

ふと、はじめて会った日に惹《ひ》かれた、直己によく似た正輝の眼差しが脳裏《のうり》に浮《う》かんだ。

もさっとした髭《ひげ》で顔が隠《かく》れていたせいでやけに表情豊かに見えていた、確乎《かっこ》とした自我を持つ誠実そうなあの目。

もしも正輝が、なんらかの理由で恋愛感情を口に出していないだけで、自分と誠実につき合おうと思ってくれていたとしたら、他の相手と遊ぶのはまずいかもしれない。遊び相手との関係をこれみよがしに見せびらかしたりしたら、背を向けられるようなことになりかねない。

（直己は、別れたって言ってたよな）

真剣な愛情をどんなに向けても、遊び相手としてしか扱《あつか》われない。

そんな関係に彼は見切りをつけたのだ。

（おっさんも同じ道を選ぶかも）

正輝は、一弥の一番になりたいと言ってくれた。

それがどんな感情からきているのかはわからないが、正輝が真剣だってことだけはわかる。

正輝と真面目《まじめ》に向き合ってあげてね？　と、美香が半ば真剣な顔で言ったことも思い出す。

(これじゃ、全然真面目じゃねぇし……)

真剣に手を差し伸《の》べてくれる人がいるのに、他の奴と軽い気持ちで遊ぶだなんて間違いだ。しかも本心から遊びたいわけじゃなく、正輝の本心を聞き出したいがためだけの挑発行為なのだから、これで正輝に背を向けられたりしたら泣くに泣けない。

(俺、おっさんに甘えすぎだ)

どんな真似《まね》をしても正輝なら許してくれるといつの間にか思ってしまっていた。

でも、正輝だって人間なのだ。

絶対に許せないことだってあるだろう。

軽い気持ちで遊んだせいで、やっぱりもういらないと正輝に背を向けられたら……。

それを想像しただけで、ぞっと肝《きも》が冷えた。

「……やっぱヤバイかな?」

「や〜だ! なにうろたえてんのよ。あんたのそんな顔はじめて見たわ」

バーテンダーにうふふふっと笑われて、一弥はむっとした。

「そんな顔って、どんな顔だよ」

「不安そうな顔よ。けっこう可愛い。そういうの嫌いじゃないわ」

「キモイ事言うな。……気分悪い。もう帰る」

「そうしなさい。オイタは駄目よ」

うっせぇと吐き捨て、一弥はカウンターに飲み代を置いてフロートを出た。

携帯を取りだし、震える指先で遊び相手に断りのメールを打つ。

正輝は、今までの遊び相手とはまったく違《ちが》う。

うまくいかなくなったから次を探すなんてことはできない。

正輝に対するこの気持ちは、今までの麻疹《はしか》みたいな一過性の恋《こい》とはあきらかに違う。

失うなんて考えたくもない。

いろんなものを、『ま、いっか』とあっさり諦《あきら》めてきたが、正輝だけは諦められそうにない。

いや、諦めたくない。

帰りの電車の中、尻ポケットの中で携帯が震えた。

見ると正輝からのメールで、予定より早めに帰れそうだと書いてある。

ひとりで留守番させてごめんね、とも……。

(子供扱いしやがって……)

むっとしたが、それでもなんだかほっとする。

正輝にとって、あの家に一弥がいるのがもう当たり前になっている。

自分の留守中に、一弥がひとりで遊びに行くかもしれないなんて思ってもいないようだ。

この信頼を裏切るような真似だけはしちゃいけない。

(おっさんが帰ってきたら、はっきり告白しちまおう)

もやもやしているからつい迷って、こんな馬鹿《ばか》な真似をしでかしそうになったのだ。

もう恥《は》ずかしがっている場合じゃない。

ぐずぐず悩《なや》んでないで、はっきり想《おも》いを伝えるべきだ。

そして、正輝が自分をどう思っているのか、その本当のところをちゃんと聞く。

（…………し、死ぬ）

告白することを考えただけで、鼓動《こどう》が速くなってきて顔が火照《ほて》ってくる。

顔が火照ることなんて、正輝に会うまでは一度だってなかったのに……。

（身体《からだ》は正直だってか……）

胸のあたりがもやもやして熱いのも、きっと吐《は》き出したい気持ちが詰《つ》まっているせいだろう。

電車が目的の駅に到着《とうちゃく》すると、一弥は焦《あせ》る気持ちのまま家に向かって走り出していた。


すっかり薄暗《うすぐら》くなった街を走って、正輝の家の門前まで辿《たど》り着く。

（よかった。おっさん、まだ帰ってねぇや）

門灯が消えていることに一弥はほっとした。

腰《こし》につけていたキーチェーンを外し、家の鍵《かぎ》を開けようと鍵を差し込む。

と、背後でバンッと車のドアの閉まる音がした。

振り向くと、黒塗《くろぬ》りの車が門前に横付けされていた。

（おっさんの客か）

一弥は、見覚えのある運転手に傅《かしず》かれて車から降りてきた女の姿に目を見張った。

「なんで？」

そこにいたのは、二度と会いたくないと思っていた相手、一弥の義母だ。

三十代半ば、苦労知らずで育った彼女は良家のお嬢《じょう》さま風に髪《かみ》をくるんと巻き、上品そうなスーツに身を包んでいる。

お互いに天敵とも言っていい間柄《あいだがら》で、一緒《いっしょ》に暮らしていた頃《ころ》はほとんど口も利《き》かなかった。

首尾《しゅび》よく邪魔者《じゃまもの》を追い出すことに成功して満足したはずなのに、一弥の姿を認め、ギッと睨《にら》みつけてくる彼女の顔は、今まで見たことがないぐらいに険しかった。

義母はカッカッと靴音《くつおと》も高く一弥に歩み寄り、ものも言わずにブンと手を振り上げた。

「——っ」

どんなに険悪な仲でもふたりの間に暴力だけはなかったから、まさか有無《うむ》を言わせず攻撃《こうげき》してくるとは予想していなかった。

突然《とつぜん》くらわされた平手打ちに一弥は逃《に》げ損《そこ》ねた。

辛《かろ》うじて軽く身を引いたお蔭《かげ》で、さして痛くなかったのが救いだ。

（くそっ）

女相手に殴《なぐ》り返すわけにもいかず、かといってこの程度のことで声を荒《あら》らげるのもみっともなく思えて、一弥は叩《たた》かれた頬《ほお》に触《ふ》れもせず、ただじろっと義母を睨んだ。

「まさか、あなたがここにいるなんて……。あの人の邪魔《じゃま》ができて満足⁉」

「……あの人って、親父《おやじ》のことか？」

「決まってるでしょ！　復讐《ふくしゅう》するために有名人を色仕掛《いろじか》けでたらし込むだなんて、汚《きたな》い手を使ったものね。どんな嫌がらせされたって、絶対にあんたになんか負けないんだから！」

「話が見えねぇんだけど……。——あんたわかる？」

興奮している義母に聞いても埒《らち》があきそうにない。

一弥はキーキー文句を言っている義母を無視して、まだ実家にいた頃から義母につかえていた見覚えのある運転手に聞いてみた。

「はあ。……大体は」

ぼそぼそと朴訥《ぼくとつ》な運転手が言うには、どうやら父親の事業に暗雲がたちこめつつあるらしい。

それも、とあるパーティーに出席した父親が、高名な芸術家の機嫌《きげん》を損ねたことが原因なのだとか……。

(高名な芸術家って、もしかしておっさんのことか……)

どうやら例の商業施設《しせつ》のパーティーに出た際の、一弥と父親とのトラブルが妙《みょう》な形に発展してしまっているらしい。

あのとき正輝は、「気分が悪くなったから、今日はもう帰らせてもらう」と珍《めずら》しく吐き捨てるような口調で言って、追いすがる人達を振り切って帰ってしまった。

正輝は目立っていたから、その直前に父親と会話している姿を遠目に見ている人達もかなりいたのだろう。

正輝が気分が悪くなる原因を作ったのが、父親だと思われたに違いなかった。

（まあ、事実だけど……）

だが、それぐらいのことで事業に影響《えいきょう》が出るとは思えない。

そのことを運転手に聞くと、新しく出店したばかりのショールームの運営が思わしくなかったり、上客にそっぽを向かれたりしているのだと教えてくれた。

「その芸術家のファンだとおっしゃる方々が一斉《いっせい》に取引に難色を示されているようなんですよ。商業施設内でも、かなり冷遇《れいぐう》されておられるようで……」

「芸術家って、けっこう影響力あるもんなんだな」

この先仕事を依頼《いらい》する予定があるとかの思惑《おもわく》はあるのだろうが、さすがにこれにはかなりびっくりした。

「とぼけないでよ。わかっててやったんでしょ！」

一弥の呑気《のんき》な感想にカッとしたのだろう。

またしても義母がブンと手を振り回したが、今度は首尾よく逃げられた。

「濡《ぬ》れ衣《ぎぬ》だ。大体、あの会場に親父がいることすら俺は知らなかったんだからな」

「嘘《うそ》つきっ！　小金井先生になんとか取りなしてもらおうとしてわざわざここまで来たのに、先回りして邪魔までしてっ！」

「うわ～、それもマジで濡れ衣。俺、今ここに住んでるんだぜ。――つーか、あのさ。あんたのその言い分、なんかスゲー腹立つよ。俺はな、わざわざ色仕掛《いろじか》けまでして親父の足を引っ張ろうだなんて思ってねぇし、ここの芸術家先生に頼《たの》んでもいねぇよ。んな汚い目的のために、あの人を利用する気なんかねぇしな」

「よく言うわよ！　だったら、なんでこんなことになっちゃってるのよ」

「親父が先入観でものを言ったせいだろ」

一弥と正輝の関係を援助交際《えんじょ》風に勘違《かんちが》いして侮辱《ぶじょく》した挙げ句、正輝の目の前で一弥を完全に切り捨てた。

とうに父親との関係の修復を諦めていた一弥ははいはいと大人しく従ったが、一弥を大事に思ってくれていた正輝には、たぶんそれが我慢《がまん》できなかったのだ。

(あんとき、おっさんは、俺を気遣《きづか》ってあんなこと言ってくれたんだ)

親に切り捨てられた一弥に、家においでと手を差し伸《の》べてくれた。

こんな不愉快《ふゆかい》な奴《やつ》なんかほっといて、もう家に帰ろうと不愉快な場所から連れだしてくれた。

「あの人はな、あんたらみたいなのとは違う次元で生きてんだよ。復讐とか仕返しとか、そんな低次元なことに手を貸すような人じゃねぇよ」

正輝は、嫌《いや》な記憶《きおく》をそのまま放置して何度も繰《く》り返し思い出すより、いい記憶で塗《ぬ》り替《か》えたほうがいいと、はじめて会った日に言ってくれた。

子供のために明るい色の絵を描《か》き、近所の老人のために動物を象《かたど》った椅子《いす》を作る人。

のんびりと穏《おだ》やかに微笑《ほほえ》み、好きなことを仕事にして気ままに楽しく暮らしている人。

薄汚《うすぎたな》い疑惑《ぎわく》をかけられていいような人じゃ決してない。

「俺のことは今さらだ。なんて言われようと構わねぇさ。――けどな、俺の大事な人をこれ以上侮辱したらマジで許さねぇからなっ‼」

話しているうちに徐々《じょじょ》に怒《いか》りが増してきて、最後には怒鳴《どな》り声になっていた。

この女に嫌味《いやみ》や捨てぜりふで口答えしたことなら何度もあるが、こんな風に正面切って真面《まじ》目《め》に言い返したのははじめてだ。

自分絡《がら》みのことで、正輝の名誉《めいよ》が汚《けが》されるなんて我慢できない。

なんとしても、この誤解だけは解いておきたかった。

だが、興奮している状態のこの女に話しても埒があかないような気もする。

元はといえば、父親が薄汚い誤解をしたのがそもそもの発端《ほったん》なのだから……。

(おっさんが金で男を買うような人間じゃないって、あいつにもわからせないと……)

まずそこからだと一弥が意気込んだとき、鍵を差し込んだままだった玄関《げんかん》のドアが内側から

静かに開いた。

「はいはい。カズちゃん、怒《おこ》るのはそこまでにしとこうな」

ぬっと顔を出した正輝が、怒りで熱くなっていた一弥の肩《かた》に手をかける。

「おっさん、帰ってたのかよ。会食は？」

「カズちゃんにひとりでご飯食べさせるのがやっぱり嫌だから、乾杯《かんぱい》だけして後は美香にまかせて帰ってきたんだ」

急に創作意欲《いよく》が湧《わ》いてきたんでしょう、とかなんとか適当に美香が誤魔化《ごまか》してくれていたから大丈夫《だいじょうぶ》だろうと、正輝は微笑む。

ついさっき、鍵の音で一弥が帰って来たことに気づいた正輝は、出迎《でむか》えようと嬉々《きき》として玄関先まで出てきて、それで女の怒鳴り声を聞いたのだ。

「なにが起こってるんだと聞き耳立ててたから、事情はなんとなくわかってる。……えっと、なんて呼べばいいのかな？　カズちゃんの義理の母親なら、宮澤さんでいいか。——宮澤さん。あなたは俺に会いにきたんだろう？」

「あなたが、小金井先生？」

「そうだ」

「私、主人への誤解を解きにきたんです！」

堰《せき》を切ったように話し出す義母を、正輝は手の平で制した。

「その必要はない。あなたのそれは勘違いだから……。カズちゃん、いや、一弥は復讐なんてたくらんでないからね。俺はそんな話を聞かされたことは一度だってない」

「でも……」

「いいから、聞きなさい。——あのパーティーで俺があなたの旦那《だんな》さんに背を向けたのは、彼が一弥を侮辱して、実の子相手に言ってはいけないことを言ったせいだ。あなた方にとっては違うようだが、俺にとって一弥は誰《だれ》よりも大事な人だ。目の前で侮辱されたら怒るのは当たり前だと思わないか？」

「そんな……そんなこと言わないでください！　助けて欲しいんです。このままじゃあの人、世間での立場が悪くなるばかりで……」

「自業《じごう》自得だろう、と言いたいところだが、このまま放って置いても逆恨《さかうら》みされそうで面倒《めんどう》だな。……カズちゃん、親父《おやじ》さんは家具の輸入業者だとかって言ってたっけ？　製造のほうはやってないのかな？」

「海外工場で自社ラインを持ってるはずだけど」

「ああ、それはいいな。——宮澤さん、あなたの会社の製造ラインで作れるような椅子かテーブルのデザインを一点だけ俺が手がけてやるよ。それを大々的に宣言して、俺と取引があるとわかればあなたのところの悪い評判も払拭《ふっしょく》されるはずだ」

「ああ、感謝します！　なんてお礼を言ったらいいか……」

「お礼なんていい。この件で一弥がこれ以上嫌な思いをしないためにやるだけだから……。──あなたの旦那さんに伝えておいてくれ。次に一弥を侮辱するようなことを口にしたら、そのときは容赦《ようしゃ》せずに潰《つぶ》すってな」

二度と一弥に関《かか》わるな、と正輝は屈《かが》み込むようにして義母の顔を間近で見つめた。

(……おっさん、こんな顔もするんだ)

斜《なな》め後方から見る正輝の横顔は、うっすらと微笑んでいた。

だがその微笑みには、一弥に微笑むときのあの甘さが一切《いっさい》ない。

剃刀《かみそり》のように冷たい輝《かがや》きを放つ、酷《ひど》く怖《こわ》い微笑みだ。

ちょっと驚《おどろ》いたが、それが自分のための表情だと思えば嬉《うれ》しくもある。

だが義母には刺激《しげき》が強すぎたようで、その迫力《はくりょく》に怯《おび》えたように後ずさり、小さくお辞儀《じぎ》すると逃《に》げ出してしまった。その後を慌《あわ》てて追いかけた運転手は、義母を車に乗せると、一弥達に深々と一礼してから去って行った。

走り去る車を見送っていた一弥に、「お帰り」と一転して穏やかな声で正輝が言う。

「ただいま」

「もう家に入ろう」

促《うなが》されるまま家に入りダイニングキッチンへ行くと、テーブルの上にはサラダとオードブルらしきものが乗っている。

「これ、俺のために作ったのか？」

「ああ、外で食べて来るかもしれないと思って、とりあえずつまみ代わりになるものをね」

外で食べてきた？　と聞かれ、一弥は首を横に振《ふ》る。

「そのつもりだったんだけどさ、ひとりだと気乗りしなくて帰ってきちまったよ」

正輝の気持ちを確かめるためだけに、遊び相手の誘《さそ》いに乗りかけたことは内緒《ないしょ》だ。

臆病《おくびょう》で愚《おろ》かだった自分を知られたくはないし……。

「昨日買ったフランスパンがまだあるよな。俺、アレ焼いて、レバーペーストで食いたい」

飲みながら食おうと正輝に振り向くと、いきなり大きな手で髪《かみ》をくしゃくしゃにされた。

「ちょっ、なにしてんだよ」

「いや～、可愛《かわい》いなぁと思って……。さっき、俺のために本気で怒ってくれてただろう？　俺の大事な人だなんて言っちゃってくれてたし」

ありがとうなと、正輝がしつこく頭を撫《な》でる。

「いや、俺のほうこそ……怒ってくれて嬉しかったし……」

しかも正輝は、一弥のことを誰よりも大事な人だと言ってくれた。

（あれって、やっぱそういう意味だと思っていいんだよな？）

それをはっきり聞こうと思ったのに照れくさすぎてなかなか言い出せず、顔ばかりがカッカと熱く火照《ほて》ってくる。

「カズちゃん、なんでそんなに赤くなってるんだ？」

屈んだ正輝に不思議そうに顔を覗《のぞ》き込まれた。

頭を撫でていたその手が火照っている頬《ほお》を包む。

「いや……だから、その……」

(言うなら今だ。ちゃんと言わねぇと)

思い切って口を開いてみたが、顔ばかりが火照って、どうしても声が出ない。

この期《ご》に及《およ》んでまだ尻込《しりご》みしている自分が情けなかった。

「ん？」

よく聞こうとして、正輝が一弥の口元に耳を寄せてくる。

(……畜生《ちくしょう》、これ、きっとわざとだ)

フロートのカウンターで一弥が赤面しまくっていたとき、正輝はその理由を勝手に察して一弥の羞恥心《しゅうちしん》を宥《なだ》めるべくフォローしてくれた。

正輝はいつもとても察しがいいし、タイミングだっていい。

いつだって絶妙《ぜつみょう》のタイミングで誘いをかけてきて、一弥の口からＯＫを引き出していく。

この赤面の理由だって、きっとある程度は察しているはずだった。

察していて、きっちりこの口から言わせようとしている。

誤魔化させないと、こうして耳まで寄せてきて……。

（くそっ）

むっとした一弥は、すうっと思いっきり息を吸った。

そして、胸の中に溜《た》まっていた想《おも》いを思いっきり大声で吐《は》き出してみる。

「あんたが好きだっ!!」

その大声にびっくりした正輝は、うおっと条件反射的に一弥から顔を離《はな》した。

が、その顔にはすぐに満面の笑《え》みが浮《う》かんだ。

「なにニヤついてんだよ。おっさんはどう思ってんだ？　俺を子供の代わりっつーか、その…

…家族とかの代用品にしようとしてんじゃねぇのか？」

「まさか、そんなわけないだろう」

正輝は笑み崩《くず》れて、一弥に両手を伸《の》ばしてゆっくり抱《だ》き寄せる。

「まだそのレベルで疑われてるとは、さすがに予想外だ。カズちゃんは案外臆病だな」

「うっせぇ。おっさんがはっきりしねぇのが悪いんだろ。……もっとちゃんと口説いてくれて
たら、俺だって疑ったりしねぇっての」

「本気で口説くのはもうちょっと後にする予定だったんだよ。前にも言ったけど、まずはカズ
ちゃんとの信頼《しんらい》関係を築くのが先だと思ってたし……。――うん。でも確かに俺が悪い。カズ
ちゃんの短気さを考慮《こうりょ》してなかった俺のミスだ」

「そうだ。おっさんが呑気《のんき》すぎるのが悪い」

「はいはい、俺が悪い」

ぎゅっと腕《うで》の力が強まる。

一弥はこれ幸いと真っ赤になった顔を正輝の胸で隠《かく》した。

「子供はもう懲《こ》り懲《ご》りだって前にも言っただろう？　俺が欲しいのは一番大切な人だ」

「……どういう意味で？」

「もちろん、一番愛している人っていう意味だよ。美香を見習って、一生一緒《いっしょ》に生きられる人生の伴侶《はんりょ》が欲しかったんだ」

やっと願いが叶《かな》ったと、ぎゅうっと腕の力がさらに強まる。

「ちょっ、おっさん！　んな力入れたら苦しいって……」

本気で息苦しいのと、妙《みょう》に照れくさいのとで一弥はジタバタしたが正輝の腕は緩《ゆる》まない。

「照れちゃって、カズちゃんは、ホント可愛いなぁ」

それどころか耳元に甘い息を吹《ふ》きかけて、耳たぶや首筋の柔《やわ》らかなところを強く吸ってみたり、甘噛《あまが》みしたり……。

「……ん……」

的確にツボを押さえたその愛撫《あいぶ》に、一弥の身体《からだ》の力が抜《ぬ》ける。

抵抗《ていこう》がやんだことをこれ幸いと、正輝の大きな手が一弥の身体をまさぐっていく。

「いつもより体温が高いな。——これは告白して照れてるから？　それとも発情してる？」

バレバレなのだが、照れてるせいだとはっきり言うのがやっぱり照れくさい。

「……発情してんだよ」

墓穴《ぼけつ》を掘《ほ》ってる自覚ありありだったが、一弥はあえて意地を張って嘘《うそ》をついた。

「そう。カズちゃんも俺を欲しいと思ってくれてるんだな」

「…………まあな」

「だったら、食事は後にして、先に少しだけいい？」

（なんか俺、いつもいいように操《あやつ》られてんなぁ）

自覚はあるものの、この流れに逆らうことはできなかった。

（……ま、いっか）

嫌《いや》じゃないんだからこれはもう仕方ない。

「少しだけだからな」

一弥は正輝の胸に頬をすり寄せながら、なけなしの意地を張ってみた。

正輝の部屋に連れ込まれて、バスルームに引っ張り込まれた後でパリッとした白いシーツの上に横たえられた。

その間、長く濃厚《のうこう》なキスに、執拗《しつよう》な愛撫とひとつになるための前戯《ぜんぎ》を施《ほどこ》されて、告白の興奮が収まらない一弥は、もうそれだけで二度も精を放ってしまっている。

「カズちゃんには、もっとちゃんと言葉にしないと駄目《だめ》なんだな」

荒《あら》い息を吐きながら半ば正気をなくしてとろんとした目で見上げる一弥に、正輝が言う。

「な……に？」

「俺の気持ちはちゃんと通じているものだとばかり思っていたのに、まさか子供の代わりにしてると疑ってるなんて思ってなかったから……。反省した。カズちゃんのどこが好きか、もっとちゃんと言葉にしてはっきり伝えないとな」

まずはこの髪、と正輝は一弥のウェーブのかかった髪をつまむ。

「はじめて俺の目を引いたのはこの艶《つや》やかで真っ黒な髪だよ。俺は自分がこんな髪だから、黒髪に目がなくて……。触《さわ》りたくてふらふら近づいて行って顔を見たら、この甘い顔だろう？いっぺんで心を奪《うば》われたよ」

ちゅっと一弥の額にキスを落とす。

「この顔でどこが好きかも言ってないよな？　まず、この目の形がいい。日本人離《ばな》れしたアーモンド形の目にくっきりした二重《ふたえ》、真っ黒でバサバサの睫毛《まつげ》がたまらない。つんと尖《とが》ったこの鼻は生意気そうで可愛いし、少しふっくらした唇《くちびる》はキスを誘ってるみたいでたまらないよ」

つつっと正輝の指が目元から鼻、唇へと降りていく。

「顔の輪郭《りんかく》も完璧《かんぺき》だ。この顎《あご》の滑《なめ》らかなラインも好きだよ。それから、このすっと長い首。遠目で見ると、きりっとしてて格好よかったな」

指先は顎の輪郭をなぞり、それから喉仏《のどぼとけ》をくすぐって、鎖骨《さこつ》へと……。

「この鎖骨の形もいい。実際触ってみて一番驚《おどろ》いたのは、この肌《はだ》かな。滑らかで張りがあって凄《すご》く綺麗《きれい》だ。汗《あせ》がじわっと滲《にじ》み出てきてしっとりしてきたときの手触《てざわ》りもいい。汗の粒《つぶ》が肌に浮かんで、こう、玉になってつーっと滑《すべ》り落ちていくのを見るのもセクシーでたまらない」

それから……とまだまだなにか言おうとする正輝の口を、一弥は両手で塞《ふさ》いだ。

「う、うっせぇよ。もう黙《だま》れ」

だが、正輝に手首を摑《つか》まれ、あっさりその大きな片手で両手を頭の上で押さえ込まれる。

「真っ赤になって、照れちゃって……。こういうところもたまらなく可愛《かわい》いんだよな」

「だから、うるせぇってばっ」

「この口の悪さもいいな。キッと睨《にら》みつけてくるその目つきもいい。気が強い子って昔から大好きなんだ。ああ、それと、この乳首《ちくび》……。ちょうどつまみやすいサイズだ」

「……んっ」

きゅっと指先でつままれて、じわっと広がる刺《さ》すような刺激《しげき》に一弥は息を呑《の》む。

「もともと色が淡《あわ》いから、いじってるうちに充血《じゅうけつ》してくると妙に色っぽいよ。コリコリしてきたところを舌で転がしてると、ここら辺がヒクつくのも可愛いな」

乳首をいじっていた指先がつつーっと肌を滑り、今度は脇腹《わきばら》へ。

大きな手の平で脇腹をぞろりと撫《な》で上げられて、たまらずに身をよじらせた。

「も、わかったからやめてくれ。もう黙ってくれよ」

どうにもならない羞恥心から、一弥はもはや涙目《なみだめ》で白旗を上げた。

「もう降参？　まだまだ好きなところがたくさんあるのに……。この下腹の筋肉の感じとか、この茂《しげ》みを手の平でそっと撫でた感じとか、唇で咥《くわ》えたときのここの張り具合とか……」

茂みから顔を出しているそれを指先でつつき、さらにその下の膨《ふく》らみへ。

「これの触り具合も凄くいい。これをいじると、太股《ふともも》あたりの筋肉がピクピクするのも可愛いな。それから、ここ……」

前戯で散々嬲《なぶ》られ、柔らかくなっていたそこに正輝は指を差し入れた。

「……っ……」

「俺のを一生懸命《いっしょうけんめい》呑み込んで柔らかくつつみこんでくれる。達《い》った瞬間《しゅんかん》、まるで絞《しぼ》りとろうとするみたいにうねって、ぎゅうっと締《し》めつけてくると、俺ももう腰砕《こしくだ》けになるよ。——カズちゃんはどう？　俺が中で達った瞬間ってどんな感じがする？」

「……」

顔を覗《のぞ》き込まれて聞かれたが、羞恥心《しゅうちしん》でぷしゅーっとパンクしていた一弥はすでにぐったりしていて答える気力など残っていなかった。

そうでなくとも、決して口を割ったりはしなかっただろうが……。

「カズちゃんはホントに意地っ張りだな」

苦笑《くしよう》した正輝は、押さえつけていた一弥の手首を解放するとぎゅっと抱き締めた。

「意地を張れば俺を喜ばせるだけだってわかってても、意地を張らずにいられないその不器用さが一番可愛いよ」

愛《いと》おしげに一弥を見下ろし、大きな手で髪《かみ》をくしゃっと撫でる。

(俺は、これが一番好きだな)

見つめてくる優《やさ》しい目に、頭を撫でる温かな手。

そして意地を張らずにはいられない自分から、理性を奪い去ってくれる巧《たく》みなキスも……。

ゆっくり唇が押し当てられ、少し強引《ごういん》に舌が絡《から》んでくる。

深くしっとりとした巧みなキスに、一弥はうっとりして目を閉じた。


抱《だ》き合うような形で膝《ひざ》の上に乗せられて挿入《そうにゅう》された。

ゆらゆらと揺《ゆ》さぶられて、一弥は甘い息を吐《は》く。

身体の奥深くに埋《う》め込まれた熱で、内部からじりじり焼かれて身体が溶《と》けていくようだ。

「ん……あ……くそっ……もっと……」

「もっと？　もっと、どうして欲しいの？」

言わなきゃわからないよと耳元で囁《ささや》かれ、一弥はその優しい声の響《ひび》きにぶるっと甘く身体を震《ふる》わせた。

挿入されてから随分《ずいぶん》時間が経《た》っているような感じがするのに、中に入った正輝は熱くて硬《かた》いままだ。

何度も抱かれたから、一弥の身体《からだ》は正輝の熱に随分と馴染《なじ》んでいる。

正輝が自分の欲《よく》を優先して、少しぐらい乱暴に動いても平気なぐらいに……。

だが正輝は、一弥の身体を労《いたわ》ってばかりでそれをしようとはしない。

ただじっくりと優しく甘く穿《うが》たれるばかりの行為《こうい》は、一弥の理性をどろどろに溶かす。

長く続く甘いだけの喜びに一弥は散々喘《あえ》がされ、泣かされてばかりいる。

満足しているのは確かだが、いつもどこか物足りない感じがしていた。

「俺……ばっかり……」

「ん?」

「おっさんも、もっと……楽しめよ」

「楽しんでるよ。こうして……」

「ひっ……ん、ああ」

ぐっと腰《こし》を摑まれて持ちあげられ、ズッと落とされる。

たまらず喘ぎ、身体を反らせた一弥の背中を正輝の腕《うで》がしっかり支えていた。

「カズちゃんがこうやって乱れる姿を眺《なが》めているのが一番楽しい」

「う……そだ」

「どうして？」

「だって……おっさん、いつも冷静じゃねえか」

いつも一弥は、散々喘がされ、焦《じ》らされた挙げ句、気が遠くなるほどの喜びと共に意識を手放す。

その瞬間、いつも正輝の視線を感じるのだ。

愛おしむような優しい眼差《まなざ》しは、愛の行為に夢中になっている雄《おす》の目とは微妙《びみょう》に違《ちが》う感じがする。

少なくとも、一弥を喜ばせるために正輝が自分の欲求《よっきゅう》を抑《おさ》えているのは確かだった。

荒《あら》い息を抑えながら一弥が訴《うった》えると、正輝は困った顔をした。

「我慢《がまん》してるんじゃない。カズちゃんの一番いい顔を見逃《みのが》したくないんだ」

（ったく、なんだってこう……）

観賞して楽しむだけならペットと同じだ。

同じだけ相手に夢中になって、互《たが》いにどろどろになるまで抱き合いたい。

本気で恋《こい》した相手だからこそ、同じ喜びを感じていたいのに……。

でも、どうやったら夢中になってもらえるのかがわからない。

(おっさんのほうが上手だし……)

一弥が悩《なや》んでいると、ぐっと背中を抱かれて繋《つな》がったままベッドに押し倒《たお》された。

「考え事は駄目《だめ》だよ。もっと俺に集中して」

「うっ……ああ……」

じりじりと腰を使われ、だらだらと雫《しずく》を零《こぼ》している前を同時に擦《こす》り上げられた。

強すぎる甘い刺激に意識が侵蝕《しんしょく》され、思考は遮《さえぎ》られた。

「いや……あ……っ……。——正輝」

身体の上でじっくりと動く男の身体にぎゅっとしがみつき、譫言《うわごと》のようにその名を呼んだ途《と》端《たん》、ピタッと正輝の動きが止まった。

「……?」

不思議に思って目を開けると、歯を食いしばりなにやら耐《た》えている風情《ふぜい》の正輝の顔が見える。

(なんだ?)

なにかに今、露骨《ろこつ》に反応した。

思い当たる節はひとつしかない。

まさかこんなことでと思いながら、もう一度試《ため》してみる。

「正輝?」

おそるおそる名を呼ぶと、正輝は珍《めずら》しく眉間《みけん》に皺《しわ》を寄せて一弥を見た。

「カズちゃん、それ、まずいって」

「名前……呼ばれんの嫌《いや》か？」

「逆。嬉《うれ》しすぎてどうにかなりそうだ」

(そういや、最初からおっさん呼ばわりで、ちゃんと名前を呼んだことってなかったっけ)

おっさん扱《あつか》いされることを、けっこう気にしていたのだろうか？

なんだか急に目の前の男が可愛くなってしまって、一弥は正輝の頭を抱き寄せた。

「どうにかなっちまえよ。——な、正輝？」

いつものお返しとばかりに、精一杯《せいいっぱい》甘い声で囁いてみる。

その途端、ぶるっと正輝の身体が震えた。

どうやら、甘い囁き作戦が功を奏したようだ。

強固だった正輝の理性が、ぷつっと切れる。

「うわっ……ちょっ、なに？」

入ったままの熱が急に身体の中で膨らんだ感覚に、一弥は狼狽《うろた》えた。

「……ひっ」

そうこうしているうちに、急に正輝が激しく動きだす。

「……一弥っ」

可愛《かわい》い、最高、たまらないと、正輝の荒い息が耳元で熱く囁いた。

一弥は、急な変化についていくのがやっとだ。

「う……あっ……くっ……ん……」

無我夢中の態《てい》で突《つ》き上げてくるその強さに、一弥は喘ぎ、同時に呻《うめ》く。

（……くそっ、また墓穴《ぼけつ》掘《ほ》ったかも……）

ちょっと考えが甘かったかな、との後悔《こうかい》が脳裏《のうり》をよぎる。

それでも、それ以上に幸せだとも感じていた。

（ちゃんと俺に、夢中になってやがる）

やっぱりこうでなきゃつまらない。

激しい息と、強く打ちつけられる熱い熱。

諦《あきら》められないほど本気で好きになったただひとりの人に、我を忘れるぐらいに求められることが嬉しくてたまらない。

だから、もっと夢中になれ。

「あっ……いいっ、……正輝、もっと……」

もっと我を忘れろと、また耳元で甘く囁いてみる。

「……っ……」

そして、望みは叶《かな》いすぎるほどに叶った。

その後の一弥は、我を忘れてこの身を貪《むさぼ》ろうとする愛しい男の動きに熱く翻弄《ほんろう》されるまま、その汗《あせ》で滑《すべ》る身体に無我夢中でしがみつくことしかできなくなった。

深い深い眠《ねむ》りからゆうるりと意識が浮上《ふじょう》してくる。

その瞬間《しゅんかん》、視界に入ってきたのは赤毛のテディベアだ。

眠る前、一弥をしっかりと抱《だ》き締《し》めてくれていた腕も、頬《ほお》をすり寄せていた厚い胸もそこにはない。

(……おっさんは?)

一弥がテディベアから視線を外すとすぐに正輝は見つかった。

ベッドの脇《わき》に椅子《いす》を持ってきて、スケッチブックを広げて絵を描《か》いていたのだ。

スウェットにシャツを羽織っただけの姿で、シャワーを浴びた直後らしく、髪《かみ》が軽く湿《しめ》っている。

(畜生《ちくしょう》。なんか俺、もう終わってんな)

どんな格好をしていても、正輝がやけに格好よく見える。

それを口に出すのが墓穴を掘る行為だと知っているから黙《だま》っているが……。

甘い余韻《よいん》と微《かす》かな甘い痛みが残る身体はやけに怠《だる》くて、一弥は寝《ね》ころんだままで正輝に声をかけた。

「おっさん、なんでそういつに拘《こだわ》るんだよ」

寝ている間にわざわざテディベアと添《そ》い寝させられる理由がわからない。夜に部屋に持ち帰らないとわざわざ届けに来るし、朝にダイニングキッチンに持って降りないとわざわざ取りに行く。

拘りすぎだろうと思っていたのだが……。

「はじめて会った日、カズちゃん、俺を赤毛の熊《くま》だって言っただろう？」

「あ？　まあ、確かに言ったな」

「だからそれは俺の分身だ」

「なんだよ。そんな理由で、こいつを俺に寄こしたのか」

まだテディベアが似合う子供だと思われてるのかとか、色々深読みしてしまっていた。そうと知ると、優《やさ》しく扱えとか言われてぎゅっと胸に抱き締めさせられたことが、妙《みよう》におかしくなってくる。

「くだらねぇ」

ぶふっと笑いつつ、ピンとテディベアをデコピンしてやると、大きいほうの熊が「イテッ」と小さく呟《つぶや》く。

一弥はまたひとしきり笑った。

「で、おっさんは今なに描いてんだ？」

「相思相愛になった日のカズちゃんを、こうして絵の中に描き留めているんだ」

ほら、と正輝はスケッチブックを開いて一弥に見せた。

「……げっ」

そこに描いてあるのは、テディベアに添い寝されて眠っている自分の寝顔だ。

あまりのメルヘンぶりに一弥は目が点になる。

「な、なんつーもの描いてんだよ！」

「可愛いだろう？」

慌《あわ》てる一弥に、正輝は得意気に微笑《ほほえ》む。

あまりに平和そうなその微笑みに、一弥はすっかり力が抜《ぬ》けてしまった。

「おっさん、あんまそういうの描くなよ」

肖像権《しょうぞうけん》の侵害《しんがい》だと文句は言ったが、さすがに破けとは言えなかった。

絵の中に描かれた、酷《ひど》く安心しきった自分の寝顔になにやらほっとしてしまったから……。

（……ま、いっか）

だがとりあえず、このスケッチは誰《だれ》にも見せないと正輝に約束させなければならない。

温かな寝床《ねどこ》に名残惜《なごりお》しさを感じながらも、一弥は甘い余韻が残る怠い身体《からだ》をゆっくりとベッドの上に起こしていった。

6

ある日、美香から育児書を三冊ほど渡《わた》された。

「はい、これ」

「勉強しといてね」

「なんで俺が？　ってか美香サン、できたの？」

聞くと、美香はにっこり笑って頷《うなず》いた。

「よかったな。……でも、なんで俺が育児書読まなきゃなんねぇんだよ。まさか、これも仕事のうちだなんて言わねぇよな？」

「さすがに言わないわよ。でも、ほら。出産後はこの家に一ヶ月ほどお世話になる予定だから、念《ねん》の為《ため》に覚えてもらえてると心強いと思って」

「ここで、赤ちゃん育てんの!?」

「そうよ。あたし、実家とかないじゃない？　ダーリンの両親はオーストラリア在住だから頼《たよ》れないし、退院後に体調が整わないうちにすぐひとりで育児って大変そうじゃない？　でね、まだまだ先の話だけどさ、そのときは一弥の部屋をあたしと赤ちゃんに貸してね」

「三階は上り下りが大変じゃねぇ？」

「大丈夫《だいじょうぶ》。作品運搬《うんぱん》用のエレベーターを動かすから」

「おっさんはなんて？」

「正輝がそうしろって言ったのよ。全面的に協力するって」

「うわっ、言いそうだ」

美香とは兄妹《きょうだい》みたいな関係だし、そもそも正輝は子供好きだから美香の子ならもうメロメロになりそうだ。

「一弥もよろしくね」

当然のような顔で言われて、一弥は頷くしかなかった。


正輝がいいと言ったら、この家ではそれでもうオールオッケーなのだ。

正輝の望むことは、はっきり言って誰にも止められない。

少し前、一弥がそれを実感する出来事があった。

初給料を貰《もら》った日のことだ。

美香の手書きの明細を見て、一弥は目が点になった。

「美香サン、なにこれ？」

「少ない？　大卒の平均初任給を軽く超《こ》えてるはずなのに」

「いや、そうじゃなくてさ。この百円ってなんなんだ?」

家賃百円、水道光熱費百円、そしてローンも百円。

「正輝がそうしろって言ったのよ」

一弥がどうしても払《はら》うと言うから、仕方なく形だけ受け取ることにしたいと……。

「ローンの百円は? そんなんじゃ百年払っても払いきらねぇぞ」

「別に払い切らなくても正輝は構わないんでしょ」

「だったら、いっそチャラにしてくれりゃいいのに……」

多額の借金があるという事実は、けっこう胸に重い。

「さすがにそれは無理じゃない? あの正輝が、一弥を縛《しば》っておけるネタを手放すとも思えないし」

「へ?」

美香の言葉に、一弥はまた目が点になった。

「俺、縛られてんの?」

「やだ。自覚なかったの? 外堀《そとぼり》からガツガツ埋《う》められて、ここに引っ張り込まれたようなもんじゃない」

(そうなのか?)

一弥は、今までのことをあれこれ思い出してみた。

（そうか……。あの絵だって、別に俺が買い取らなくてもよかったんだよな）

傷つこうが傷つくまいが、正輝はあの絵を外に出して売る気はなかったのだから……。

引っ越《こ》しに関しても正輝に押された結果だし、もともと縁《えん》が切れていたとはいえ、正輝が脅《おど》したことで実家との繋《つな》がりも完全に絶たれた。

この先、どこかでたまたま顔を合わせるようなことがあっても、きっと向こうから話しかけてくることはないだろう。

（そういや、鎖《くさり》で繋がれたこともあったよなぁ）

普通《ふつう》の人間は、一時的に足止めするためだけに監禁《かんきん》まがいのことはしないような気がする。やるとしたら、ここにいてくれとメモを書きおいておくぐらいだろう。

「……おっさんってさ、実は案外性格悪い？」

「今さらなに言ってるの。悪いに決まってるでしょ」

当たり前のような顔で美香が断言した。

「子供の頃《ころ》から大人の意見をまったく聞かない、超《ちょう》自己中心的な奴《やつ》だったんだから……。天才だってちやほやされすぎたのかもね。気に入ってる人には優しいけど、そうじゃない人には容《よう》赦《しゃ》ないし……。ああ、そうだ。以前ね、仕事相手の画商にあたしがセクハラされたときなんて、もう怒《おこ》っちゃって大変だったのよ。あちこちに根回しして、そこから客を奪《うば》い取って資金《しきん》繰《ぐ》りを悪化させて、結果的に潰《つぶ》しちゃったんだから」

けっこう大きい画商だったんだけどね、と美香が言う。

(げっ。だからだったのか)

パーティーでちょっとトラブッたぐらいのことで、父親の会社の経営状態が悪化するだなんて随分《ずいぶん》と大袈裟《おおげさ》なことになったもんだと呆《あき》れていたが、そういう前歴があったからこそ周囲が過剰《かじょう》に動いてしまっていたのだ。

「一弥、気づいてなかったの？」

「……まあな」

(でも、そうだよなぁ。あんだけ押しが強くて我が儘《まま》だったら、ただ優《やさ》しいだけの奴のわけがねぇか)

目元がやけに優しいからその印象が先に立ってしまい、実像のほうがぼやけてしまっていたようだ。

だが、今さら気づいても、こんなに惚《ほ》れてしまった後ではもうなにもかもが手遅《ておく》れだ。

色々と墓穴《ぼけつ》を掘《ほ》ってきたが、これが一番の大物かもしれない。

(……それでも、ま、いっか)

抜けられないほどの大きな墓穴の底は、今までいたどこよりも居心地《いごこち》がいいのだから……。

一弥は苦笑《くしょう》しながらすんなり諦《あきら》めることにした。

「俺は赤ん坊《ぼう》には触《さわ》らねぇからな」

その日の夜、ふたりでまったり酒を飲んでいるときに一弥は正輝にそう宣言した。

汚《よご》れ物を洗濯《せんたく》したりミルクの準備をしたりなんかはいくらでも協力できるが、赤ん坊には触りたくない。

小さくてふにゃふにゃして弱っちそうなものに触るのが、はっきり言って怖《こわ》いのだ。

「わかってる。一弥には美香の仕事を全面的に引き継《つ》いでもらわなきゃならないしな。そっちは俺が全面的にサポートするから」

ウイスキーを飲みつつ、スケッチブックを開いてのんびり絵を描《か》いていた正輝が、やけに嬉《うれ》しそうに楽しみだなぁと微笑《ほほえ》む。

「いっぱい産んだら、ひとりぐらい家《うち》に貰えないかな」

「駄目《だめ》に決まってんだろ。事情があるならともかく、ちゃんと愛情注いでくれる実の母親に育てられるのが一番なんだからさ」

「そうか」

正輝は露骨《ろこつ》にがっかりする。

「ったく、子供はいずれ育って離《はな》れていくから嫌《いや》だってんじゃなかったっけか?」

「そうだな。……たまに子守《こも》りするぐらいがちょうどいいか」

「そうそう。おっさんにはもうこの俺がいるんだから、そう欲張《よくば》るなよ」

軽く肩《かた》を竦《すく》めて流し目をくれると、「そうだな」と正輝は眩《まぶ》しそうに目を細めた。

「しっかし、まさかこの俺が赤ん坊の世話を手伝うことになるなんてな。人生わかんねぇもんだ。——ここなら親父《おやじ》達もなにも言わねぇだろうって、一部上場企業《きぎょう》に得意満面で就職したはずだったのに」

思いがけずそこをクビになり、流されるまま正輝の腕《うで》の中に辿《たど》り着いてしまっていた。

一弥はウイスキーを舐《な》めながら、なんだかしみじみとした気分になる。

「よくよく考えてみると、自分の将来とかろくに考えたことなかったよなぁ」

親から馬鹿《ばか》にされない大学をただ目指し、馬鹿にされない一流企業を狙《ねら》った。

そんな親への拘《こだわ》りから解放された今、ふと思う。

「普通の家で育ってたら、もっと違《ちが》った道を選んでたのかも……」

ただ上ばかりを目指したりせず、好きなものに足を止めることもあったのかもしれない。

趣味《しゅみ》みたいなものだからと楽しげに仕事をしている正輝を見ていると、特にそう思うのだ。

「俺は趣味すらねぇしなぁ」

ウイスキーの酔《よ》いにまかせて、一弥はぼそぼそと独り言のようにそんな話をした。

「好きにすればいい」

スケッチブックに絵を描きながら、黙《だま》って聞いていた正輝が言った。

「ん？」

「これから、いくらでも好きなことをすればいいよ。協力するからさ」

「嘘《うそ》つけ。俺がここを出るとか行ったら邪魔《じゃま》すんじゃねぇの」

「当たり前だろう。好きなことをするためにここの仕事を辞《や》めるのは許すけど、俺から離れるのは許さない」

「……わかってるって」

(終わってるなぁ)

独占欲《どくせんよく》という名の束縛《そくばく》が心地《ここち》いいのだから……。

(……ま、いっか。とりあえずこのままでも)

好きなことをすればいいと言うのなら、今の道は間違《まちが》いじゃないだろう。

いつも簡単に諦める一弥が、ただひとり諦められない人。

その人の仕事をサポートして、その人が好きなように仕事できる環境《かんきょう》を整えるのはけっこう楽しい仕事だったりするのだから。

「おっさん、今なに描いてんだ？」

寝顔《ねがお》を描かれたスケッチを見て以来、なにやら照れくさくて正輝のスケッチを見るのを避《さ》けていたのだが、ふと気になった一弥は、正輝のスケッチブックに指を引っかけパタンとテーブルに倒《たお》してみた。

「げっ」

画面を見た途端《とたん》、一弥の目が点になる。

「これって……」

スケッチされているのは、やっぱり以前のスケッチと同じでベッド上の一弥の姿だった。

だが寝顔ではなく、あきらかにやっている最中の表情で……。

「昨夜《ゆうべ》のカズちゃんだよ。なかなかいいできだろう？」

今のところ、一番気に入ってるのがこれで……と、正輝がペラペラとスケッチブックを捲《めく》る。

ページが捲れる度《たび》、次々に一弥の絵が出てくる。

仕事中や食事している姿もあるが、そのほとんどがベッド上でよがっている姿ばかりだ。

「ちょっ、な、なに描いてやがんだっ！」

かかーっと、一弥は一気に真っ赤になった。

正輝の記憶《きおく》に残っている自分の姿を、じっくり何度も長時間にわたって思い出されながら描かれたのだと思うと、はっきり言ってリアルなハメ撮《ど》り写真より恥《は》ずかしい。

「描くなっ！　寄こせ！　今すぐ俺が燃やしてやる！」

慌《あわ》てて立ち上がりスケッチブックを奪い取ろうとしたが、すかさず立ち上がった正輝にひょいっと逃《に》げられた。

「俺の大事な思い出を燃やしちゃうのか？」

「大事なって……」

「このスケッチブックは、俺にとっては日記みたいなものだ。かけ替《が》えのない人生の記録なんだよ。描くなって言われるとけっこう辛《つら》いなぁ」

正輝になにやらしょんぼりされてしまって、一弥はぐっと言葉に詰《つ》まった。

(そういや、愛ちゃんのスケッチも大量にあったっけ)

写真を撮《と》ったりビデオを撮ったり、人生の折々に記録を残すのは誰《だれ》でもやっていることだ。正輝はそれをスケッチという手段でやっているだけで、それをやめろというのは酷《こく》なような気もする。

だが……。

「——それ、誰にも見せないって約束できるか?」

「見せなきゃ描いてもいいのか?」

一弥は渋々《しぶしぶ》頷《うなず》いた。

「あんたが死んだら、すぐに処分するけどな。うっかり売りものになったりしたらたまったもんじゃねぇし」

それでいいか? と聞くと、正輝は嬉々《きき》として頷いた。

「もちろん。それって、死ぬまで一緒《いっしょ》にいてくれるってことだろう?」

こんなに嬉しい話はないよと正輝が目を細める。

「感謝しろよ」

偉《えら》そうに頷きながらも、その実、嬉しそうな正輝を見れて一弥だってけっこう嬉しい。

諦めきれない人が、自分と共にあることをこんなに喜んでくれているのだ。

これで嬉しくなかったら嘘だ。

（ああ、でも、スケッチブックの収納場所を考えとかねぇとな）

正輝と自分以外の人間には、絶対に開けられない鍵《かぎ》も必要だ。

この先の人生、正輝がいったいどれだけのスケッチブックを消費するかわからないから、スペースも充分《じゅうぶん》に必要だろうし……。

面倒《めんどう》なことになったなと、一弥はひとり苦笑《くしょう》していた。

レッド・シグナル

『宮澤《みやざわ》、久しぶりー』

携帯越《けいたいご》しに久しぶりに聞く直己《なおみ》の声は、以前同様のんびりと元気そうだった。

会社を辞めるつもりだと言う直己と携帯で話し、ケリがついたら飲もうと約束してから一ヶ月以上もすぎている。

その間ずっと直己のことが気になってはいたものの、一弥《かずや》のほうは新しくはじまった生活に忙《いそが》しく、少しばかり気まずいこともあったりしてこちらからは連絡《れんらく》できずじまいだったのだ。

「おう、そっちは落ち着いたのか？」

『うん。思いがけずちょっと慌《あわ》ただしいことになってたんだけど、やっと落ち着いたところ。色々報告したいこともあるし、明日会えないかな？』

「会えるに決まってんだろ。フロートで七時にどうだ？」

『わかった。じゃ、明日』

よし、と知らず知らずのうちに口元を緩《ゆる》めながら携帯を切り、ふと顔を上げると、バチッと正輝《まさき》と視線が合った。

「明日、フロートに？」

鉛筆《えんぴつ》を手にスケッチブックを広げたままの姿で、正輝が話しかけてくる。

「ああ。久しぶりに直己に会うんだ」

「直己って、はじめて会った日に一緒《いっしょ》に飲んでた子だよな？」

「そ。同じ大学卒の友達」

友達、の部分を強調して頷《うなず》く。

「あいつも俺と同じで、新卒で入った会社を辞めるって話をしてたからさ。落ち着いたら飲もうって約束してたんだ。やっと一段落ついたみたいだから、明日ちょっと行ってくる」

「そうか。じゃあ、俺も行こうかな」

「はぁ？　なんでおっさんがついてくるんだよ」

思いがけない正輝の言葉に、一弥は目が点になる。

正輝のほうは、一弥のそんな反応に不思議そうな顔をした。

「俺を友達に紹介《しょうかい》してくれないのか？　これが俺の最愛の恋人《こいびと》ですって」

「いや、そりゃちょっとマズイかも……」

「どうして？　あの子もゲイなんだろう？　まさか、俺に紹介したくない理由があったりしないよな」

正輝は軽く唇《くちびる》の端《はし》を上げた。

その笑顔《えがお》がちょっと怖《こわ》くて、一弥はぞぞっと背筋を震《ふる》わせる。

（そういや、はじめて会った日に、あの子は恋人かってしつこく聞いてきたっけ）

そのときにただの友達だとしっかり否定しておいたはずなのだが、あれでちゃんと疑惑《ぎわく》を晴らせなかったのだろうか？

（おっさん、けっこう勘《かん》が鋭《するど》いし……）

大学時代の一弥が直己に惚《ほ》れていたことは話していないが、一緒にいる姿を見たときになにか感じることがあったのかもしれない。

変に疑われないよう、慎重《しんちょう》に対応しないと厄介《やっかい》なことになると一弥は気を引き締《し》める。

「そうだけどさ。……あいつ最近、恋人……っていうか、その手の相手と別れたばっかでさ。俺ばっか恋人を連れてくのはちょっと気まずいっていうか……。立ちなおってるかどうかもまだちょっとわかんねぇし、とりあえず今回は様子見ってことにしといてくれよ」

紹介はまた今度な、と軽く手を合わせて拝んでみる。

「そうか、わかった」

正輝は軽く頷くと、またスケッチブックに視線を落とした。

☆

「んじゃ、行ってくる。終電前にはちゃんと帰るからさ」

「行ってらっしゃい。飲み過ぎるなよ」

「わかってるって」

少し寂《さび》しそうな正輝に見送られて家を出た。

（ちょっと可哀想《かわいそう》な気もするけど、やっぱどうしたっておっさんは連れてけねぇよなぁ）

ふたつほど気まずいことがあるのだ。

まずひとつは、直己が肉体関係のある遊び相手と別れたと携帯の通話で聞いたときに、一弥がつい本気で喜んでしまったことに関係している。

（今から思うとありゃまずかった）

――そりゃ、よかった。遊びなんかで続くわけないと思ったんだ。

そんな風に露骨《ろこつ》に喜ぶ自分の声を、直己はいったいどんな気持ちで聞いただろう？

あの頃《ころ》の一弥は、まだ正輝への本気の恋心を自覚していなかった。

だからわかっていなかったのだ。

本気で恋した相手を、自ら手放すことの辛《つら》さを……。

でも、諦《あきら》めきれない人を手に入れた今なら、その辛さを想像することぐらいならできる。

（俺にゃムリだな）

本気で恋した相手を、自ら手放すことなんて絶対にできない。

一弥には、そんな強さの持ち合わせはない。

（けっきょく、俺はお袋《ふくろ》に似てるのか……）

外見は父親似で、内面は母親似。

愛した男との別れを受け入れることができずに、辛い現実から逃避《とうひ》してしまった母親。

彼女の気持ちが、今の一弥には少しだけ理解できる。

真剣《しんけん》な恋をしたことで、それまで見えなかった人の気持ちが少しずつ見えるようになった。

かつての自分の棘《とげ》のある発言をなかったことにはできないが、その無神経さを謝ることならできる。

真剣に恋した相手と別れたばかりで辛かっただろう直己に、労《いたわ》る言葉のひとつもかけてやれずにいたことも……。

だから今、一弥は直己にきちんと謝りたいと思っている。

そのときに正輝が側《そば》にいるのは困るのだ。

自分も真剣な恋をしたから少しは直己の気持ちがわかるだなんて口にしたら、直己そっちのけで、正輝が大喜びで絡《から》んでくるに違《ちが》いないからだ。

（おっさんがいたら絶対に話になんねぇ）

だからこそ、今回の同行は遠慮《えんりょ》した。

もうひとつの気まずさも、やっぱり正輝に関《かか》わることだった。

大学時代、一弥は常に直己の前では強気に振《ふ》る舞《ま》っていた。

ネコはやらないタチだけだと宣言し、いつもオスとして凜《りん》とした態度を貫《つらぬ》いていた。

そんな自分が今、毎夜のように正輝に抱《だ》かれてメロメロになっている。

その事実を隠《かく》すつもりはないが、いきなり正輝とツーショットで会うのはさすがに避《さ》けたい。肩《かた》を抱かれたり、髪《かみ》を撫《な》でられたりして、つい気持ちが緩んでしまう自分の姿を見られて、こんな奴《やつ》だったのかとびっくりされたくない。

まず自分の口からその事実を告げることで、あまりびっくりされないように下準備をしておきたかった。

(ま、直己は俺と違って、あんま気にしねぇだろうけどさ)

恥《はじ》も外聞もない、ネコもタチも関係ない。

恋した相手と一緒にいられるのなら、それだけで幸せだと本気で言えてしまうようなロマンチック思考の持ち主だから……。


(ちょっと遅《おく》れたか……)

フロートのドアの前に辿《たど》り着き、腕時計《うでどけい》で時間を確認《かくにん》したら約束した時間から十分ほどすぎていた。

直己のことだからこの程度の遅刻《ちこく》はまったく気にしていないだろう。

きっとひとりでのんびりビールでも飲んで待っているはずだとドアを開けて店内に入ると、

予想通りカウンターでグラスを傾《かたむ》ける直己の姿が視界に入った。

やつれた様子もなく元気そうで、少しほっとしたが、ひとつ予想とは違うことがある。

直己はひとりではなく、顔馴染《かおなじ》みのおねえ言葉のバーテンダーが、カウンターから身を乗り出すようにしてなにやら熱心に直己に話をしていたことだ。

直己もまた、身を乗り出して熱心にその話を聞いている。

（ふたりでなにしゃべってやがるんだ？）

店内に入り、三歩ほど進んだところで、なんだか酷《ひど》く嫌《いや》な予感がして一弥はピタッと足を止めた。

「あ、久しぶり」

そんな一弥に気づいた直己が、にっこり微笑《ほほえ》んでカウンターから手を振ってくる。

そしてまた、おねえ言葉のバーテンダーも一弥を見て、ニヤリ、と不気味に微笑んだ。

（げっ）

その不気味な笑顔に、一弥の脳裏《のうり》にピカッと赤信号が灯《とも》る。

（もしかしてあいつ、おっさんとのこと直己にしゃべったのか？）

背筋にぞぞっと悪寒《おかん》が走った。

あのバーテンダーは、一弥と正輝の馴《な》れ初《そ》めを知っている。

あのカウンターで正輝に口説かれた一弥が、すっかり酔《よ》っぱらい、誘《さそ》われるまま正輝の家にお持ち帰りされたことを。

（いや、あいつは違う風に思ってたんだっけ）

面食いの一弥が美形の正輝に惚れて、おまえん家で飲み直してやってもいいぜ～などと自分から正輝と腕《うで》を組み、自らをお持ち帰りさせたと……。

（やべぇ）

自分から媚《こ》びを売って男についていっただなんて風に直己に誤解されたくない。

好きだった子の前では、やっぱり格好よく振る舞っていたいのだ。

（な、なんとかして誤魔化《ごまか》さねぇと……）

その場に立ち止まったまま、冷や汗《あせ》をかきつつ直己に手を振り返したとき、背後のドアが開く気配がした。

その途端《とたん》、ニヤリと不気味に微笑んでいたバーテンダーの顔に、ハートマークが飛び散りそうな満面の笑《え》みが浮《う》かんだ。

そしてその熱い視線は、一弥の頭上に注がれていて……。

一弥の脳裏に、ピカッとまた赤信号が灯った。

（……まさか）

くるなと言ったはずなのに、きてしまったんだろうか？

（おっさん、基本的に人の言うこと聞かねぇし……）

表面上は穏《おだ》やかでも、その内面は自己中で我が儘《まま》。

正輝は、大人しく人の言うことを聞いてくれるようなタマじゃない。

行くと決めたら、誰《だれ》が止めようと行く。

それを失念していた自分を一弥は心底悔《く》やんだ。

（くそっ、こっそり違う店に変更《へんこう》しとけばよかったぜ）

そうしていたらバーテンダーに余計なことを言わせずに済んだし、正輝をやり過ごすこともできたのに……。

今さらだが、自分の詰《つ》めの甘さに後悔《こうかい》しきりだ。

（……ふ、振り向きたくねぇ）

前にも赤信号、後ろにも赤信号。

そして、身動きできずにいる一弥の肩に、ぽんっと覚えのある大きな手が乗せられた。

あとがき

こんにちは、もしくは、はじめまして。黒崎あつしでございます。

『熱愛未経験。』ということで、前作『恋愛未経験。』のスピンオフである今作は、はじめての真剣《しんけん》な恋《こい》をどう扱《あつか》っていいやらわからず、戸惑《とまど》いまくっている主人公のお話です。短気な一弥が、ザクザクと墓穴《ぼけつ》を掘《ほ》りまくるさまを書くのはかなり楽しかったです。

六芦かえで先生、前作に引き続き、魅力的《みりょく》なイラストをありがとうございます。担当さん、今回も冷や冷やさせて申し訳ない。反省はしてるんです。いつもごめんね。

この本を手に取ってくださった皆《みな》さま方にも心から感謝しています。
皆さまが、少しでも楽しいひとときを過ごされますように。
またお目にかかれる日がくることを祈《いの》りつつ……。

二〇一〇年十二月

黒崎あつし

KADOKAWA RUBY BUNKO

熱愛未経験《ねつあいみけいけん》。

黒崎《くろさき》あつし

角川ルビー文庫　R65-31　16671

平成23年2月1日　初版発行

発行者――井上伸一郎
発行所――株式会社角川書店
東京都千代田区富士見2-13-3
電話/編集(03)3238-8697
〒102-8078
発売元――株式会社角川グループパブリッシング
東京都千代田区富士見2-13-3
電話/営業(03)3238-8521
〒102-8177
http://www.kadokawa.co.jp
印刷所――旭印刷　製本所――BBC
装幀者――鈴木洋介

ISBN978-4-04-442231-8　C0193　定価はカバーに明記してあります。

恋愛未経験。
黒崎あつし
イラスト／六芦かえで
痛くてもいいから……。
早く……タカシさんをください。